尾崎将也

パラレル・パスポート

河出書房新社

パラレル・パスポート

1

皆さま、本日はお集まりいただきましてありがとうございます。このような伝統ある賞を頂くことができて、本当に嬉しいです。

ここまでの道のりは、えーと、正直言うと、けっこうしんどかったです。

私、漫画家としてのデビューそのものは割と早かったんです。五年前、二十歳のときに「月刊コミックドリーム」の新人賞で佳作を頂きました。それをきっかけに担当の編集者についていただいて……あ、そこにいらっしゃる田島《たじま》さんです。田島さんにはデビュー以来ずーっとお世話になってます。

田島さんにご指導いただいて、佳作を取ってから一年くらいの間に読み切りを二本、「別冊コミドリ」に掲載していただきました。もちろん描き直しは何回もあったんですけど、自分としては割とトントンと順調に行けたなあっていう感じがあって、これって楽勝じゃんとか思って（会場笑）。

いやー、でもそこからが大変でした。

新人が別冊で短編を発表させてもらうのって、あくまでお試しっていうか、練習の場なんですよね。本当の勝負は、やっぱり本誌で連載を持てるかどうかです。その連載が人気になって、コミックスが売れるか。勝負はそこなんですよね。

とにかく連載を持てるかどうか。その入口を入らないことには先に進めません。ところがそのハードルが高いのなんの（会場笑）。

ネーム描いて持っていくたびに田島さんにけちょんけちょんに言われて、全ボツの連続でした。なんていうか、いきなり弾がびゅんびゅん飛び交う戦場に放り込まれた感じで。鬼軍曹の田島さんにバカだの能なしだの、諦めて実家に帰れだの言われて、何度〝田島殺害計画〟を練ったことか（会場笑）。これなら絶対バレないっていう完全犯罪をひとつ思いついたんですけど、秘密です（会場笑）。どんな完全犯罪の計画を練っても、動機でバレる気がするんですよね。田島さんを殺したいほど憎んでる奴はあいつしかいないって（会場笑）。

でも今となっては、田島さんのスパルタぶりに感謝してます。あのダメ出しの嵐で苦しんだ時期に色々なことを学んだんですよね。連載ってホント体力も精神力も要求されるんで、あの頃田島さんに鍛《きた》えてもらってなかったら、途中でギブアップしてたかもしれません。

で、結果として、殺人犯になる前になんとか田島さんのお眼鏡に適《かな》う作品が描けて、そして掲載された作品が思いがけず高い評価を頂いて賞を貰えることになって、この場に立つことができました。

とても感謝しています。田島さん、ありがとうございました。そして、支えてくださった皆さまにもお礼を申しあげます（会場、拍手）。

これからのことですけど……今回の受賞は通過点でしかありません。次の目標はもう決まっています。私、けっこう野望が大きいんです。描きたい作品のアイデアもたくさんあります。世間をあっと言わせたいので、ご期待ください。

その野望達成のためにも、田島さんにはこれからも厳しいご指導をお願いします。

ありがとうございました（拍手）。

まあ、だいたいこんなところだろうと絵衣子《えいこ》は思った。これまで何度も頭の中で予行演習をしてきたことだ。もうすっかり頭に入っているので空で言える。いざ本番となってもスラスラと言えるはずだ。

問題は、その本番がいつになるかまったく分からないということだ。連載すらまだ実現していないのに、賞が取れるのなんていったいいつのことだろう。

でもいつか必ず実現するんだ。だから時折、こうして頭の中で授賞式の挨拶《あいさつ》の練習をするのは悪いことじゃない。自虐的ではなく前向きなことなんだ。絵衣子はそう思っていた。

しかし現実とも向き合わねばならない。シビアで過酷な現実と。

絵衣子は編集者の田島との打ち合わせに向かっていた。

立ち並ぶオフィスビルの中に、文明堂《ぶんめいどう》出版の本社ビルが見えてきた。ガラス張りのビル全体がギラギラと日光を反射している。絵衣子には、高く聳《そび》えるビルが自分を拒絶しているように感じられた。

だんだん足が重くなってくる。今日もダメ出しされるのだろうか。いや、どんなに手厳しくダメ出しされてもいい。『次までにここところを修正してこい』ということになれば先に進むことができるのだ。連載が取れるかどうかという次のステップへ。


「全ボツだね」

田島が座るなり、持っていた紙を放り投げて言った。

テーブルの上に絵衣子が描いたネームがバサッと散らばる。昨日、メールで田島に送ってあったものだ。

この男はいつも、絵衣子が一番言われたくない言葉を一番最初に口から出す。

「せめてスタートくらい切れよ。読むほうの身にもなってほしいな。またお前のせいで俺の人生の貴重な時間を無駄にさせられちまったよ」

田島はいかにも邪魔臭そうに言った。〝人を落ち込ませる選手権〟があったら、この男はかなり上位に行くだろう。

「すみません」

絵衣子は謝るしかなかった。

「謝ってる場合じゃないだろ！　これからどうするんだよ。重要なのは未来のことだろ？」

言葉は荒いながらも筋の通ったことを言う。だから余計に言い返せない。

田島信治《しんじ》は絵衣子の担当編集者だ。二人は文明堂出版本社ビルの十二階、「月刊コミックドリーム」編集部の隅にある小さな打ち合わせブースの中にいた。

大御所の漫画家は応接室に案内されるが、絵衣子のような新人はここで編集者と打ち合わせをする。編集者のダメ出しを聞くだけの時間が打ち合わせと言えるかどうかは疑問だが。実際この打ち合わせスペースは編集部内で『説教部屋』と呼ばれていた。

「ストーリーにウネリがないんだよ、ウネリが。静かな湖の水面《みなも》みたいにフラットなんだよ。もっと意外性とかさ、読者をオッと引きつける何かがいるだろ？」

「長編としての骨格が弱いんだ。軟体動物みたいにヒョロヒョロしてる。ピッと一本筋を通せよ」

「主人公のキャラに、なんかこう、長編を引っ張っていくだけのパワーが感じられないんだな。肉を全然食ってないだろ。こいつヴィーガンか？」

田島の口からは、絵衣子が描いたネームを否定する言葉が次々と繰り出された。いちいち妙な比喩《ひゆ》をくっつけるのが田島の癖だ。

最初に会った頃、彼はもっと丁寧な口調だった。

「編集長に言われてるんだよね。新人に乱暴なこと言うと、すぐ心が折れて来なくなっちゃうから優しく接するようにって。甘やかしてて成長するのかどうかは疑問だけどね」

田島は苦笑いしながら言った。

「それに、ＳＮＳに『あそこの編集者にこんなひどいパワハラされた』とか書かれて炎上するかもしれないし。下手するとセクハラされたとかデマ飛ばされる危険性もあるでしょ。怖い世の中だよ。昔は編集者が作家の目の前で原稿にライターで火を点《つ》けて燃やしたなんていう逸話もあるけど、今どきそんなことしたら一発でクビだよ。そもそも全館禁煙だからライター持ってないし。まあ、そういうわけでゆるゆるとやりますか」

それを聞いた絵衣子は言った。

「あの、厳しくしてもらってけっこうです。ていうか、ぜひそうしてください。私、心が折れたりしませんから」

つい言ってしまった。絵衣子が自分からそう言うように仕向ける田島の作戦だったのかもしれない。

絵衣子は早く一人前になりたかった。だから厳しくしてもらったほうがいいとそのときは本気で思ったのだ。

「あ、そう？　よし、やっと骨のある新人に出会えたかな。じゃあ思い切り鍛えてやるから」

田島は嬉しそうに言った。

「お願いします」

それが運の尽きだった。

それ以来、絵衣子は田島のサンドバッグになる日々が続いていた。それは〝パワハラ〟と言っていいものだ。あまりのひどさに、編集部の上の人に相談したほうがいいのだろうかと思うこともあった。

しかしそんなことをして、編集部が「では担当を替えましょう」などという思い遣りのある対応をしてくれる可能性は低い。おそらく絵衣子のほうが編集部との縁を切られて終わりだ。絵衣子にとっては田島だけが漫画雑誌掲載の頼みの綱なのだ。

それに田島が言うこと自体は正しいことが多く、田島の言うように直して作品が良くなることは確かにあった。それも『我慢しなければ』と思わせる理由だった。

なんとか短編を二本、別冊に掲載してもらえるところまでは漕《こ》ぎつけた絵衣子だったが、本誌に連載を持つことはそれよりはるかにハードルが高かった。連載漫画の第一話のネームを描いて田島に見せるのだが、全ボツを食らうことが続いていた。

ネームとは、細かく描き込む前段階のラフな下描きのようなものだ。この段階では絵よりストーリーの基本設定や登場人物のキャラクター、そして読者を引き込む要素があるかどうかが問われる。漫画を完成させてから大きな修正をするのは手間がかかるし、まして全ボツとなれば作業が全て無駄になる。だからネームの段階で編集者に見てもらい、意見を聞いて、必要があれば直すというのは効率的なやり方と言える。これはプロもアマも同じだ。

大ベテランになれば「次はこういう展開で」と口頭で打ち合わせするだけで作画に入ることもあるようだが、相当な実績や信頼関係がないとそんなことはできない。

短編の場合はネームで編集者にチェックを受けて、ＯＫが出れば掲載が決まり、作家は『作画』と呼ばれる実際に漫画を描く作業に入ることができる。

しかし連載となるとそう簡単にはいかない。「月刊コミックドリーム」の場合、編集者が『これは行ける』と判断したネームは編集長と編集者全員が出席する編集会議に諮《はか》られる。この会議にはそれぞれの編集者が自分が推《お》す作品を出しており、限られた新連載のポストを巡って熾烈《しれつ》な議論が行われる。そして最終的に編集長の了承を得て連載が決定になるのだ。

昨日PDFにしてメールで送ってあった絵衣子のネームを、田島はすでに見てくれていた。田島は椅子に座るなり、雑談する間もなく意見を言い始める。絵衣子は毎回、『今度こそ上手く行ったかも』と期待しながらこの席に座るのだが、だいたい五秒後にその期待は打ち砕かれた。

「作者の想いが伝わってこねえんだよ。ラーメンってスープの中に柔らかい麵と具が入ってて湯気が立ってるから旨そうって感じるわけだろ。硬い麵だけがあってスープはどこ？　具はどこ？　って感じだな」

今日もとっておきのたとえが繰り出された。

「想いはあるんです。伝えたつもりなんですけど、伝わってないとしたら、なんとかしないといけないって言うか……」

「なんだよ、それ。誤解を与えたとしたら謝罪しますとかいう政治家の答弁じゃねえんだよ。伝わらなきゃゼロなんだよ。このネームは、なんだか知らないけど線がたくさん描いてある紙の束に過ぎないだろ」

「はあ……そうですね」

「そうですねじゃねえよ！　考えろよ」

絵衣子は言葉に詰まる。考えろと言われても即座に答えが出るわけではない。

「何黙ってんだ。俺の貴重な時間を無駄にするなよ。なんとか言えよ」

そう言われるとますます焦って言葉が出ない。

田島は絵衣子とそんなに歳は離れていない。三十代前半だろうか。髪は短く、カジュアルな服装ながらいつもネクタイを締めていて、見た目は一流大学を出て一流出版社に入った人、という感じがした。

しかしひとたび口を開くとこれだ。彼は元からこういうサディスト系のキャラなのだろうか。それとも社内で何かストレスが溜まるようなことでもあって、新人をいたぶるのをはけ口にしているのだろうか。

絵衣子と田島の会話時間はほとんど絵衣子のネームに対するダメ出しに費やされるので、知り合って五年になるのに彼の内面や人となりを知ることはほとんどできないままだった。

「聞いてんのかよ」

つい余計なことを考えていると、それを見透かしたように田島が言った。

「すみません」

今日何度目かの謝罪を口にする。

「諦めるのは自由だよ。代わりの新人なんていくらでもいるんだから。どうする？　やめるか？　ホントはもうやめたいって思ってるんじゃないのか？」

「やめません……」

絵衣子は崖っぷちに追い詰められ、小突かれながらかろうじて落ちずに踏み留まっている心境だ。これならいっそ、原稿を燃やしてくれたほうが楽かもしれない。

「矢島詩織《やじましおり》先生なんかデビュー当時、ネームにダメ出しされて、『ここで直します』って言って泣きながら徹夜したらしいよ。翌朝には見違えるようなすごいのができてたそうだ。まあ今は、ここで徹夜なんかさせられないけどな、コンプライアンス的に」

矢島詩織とは十年以上前に連載デビューした先輩漫画家だ。今は立派に何本も連載を持つ人気作家になっている。やはりそれくらいの根性を見せないと一人前にはなれないのだろうか。

いや、絵衣子も根性は持っているつもりだ。問題は田島が満足するクオリティのネームが描けないということなのだ。

「なんか、いつもおんなじこと言ってるよなあ」

確かに毎回同じようなことを言われていた。

今、絵衣子が描こうとしているのは、全六話の短期集中連載だった。新人にいきなり長期の連載漫画を描かせるのはリスキーなので、まずはそれくらいの長さを予定してスタートするのが普通だ。そこで人気が出れば、話を終わりにせずにもっと連載を続けようということになる。

新人は我も続けとばかりに連載物のネームを描いて編集者に見てもらう。絵衣子もその一人だ。しかし現実は甘くはない。

「一回、タイム・トラベル物から離れたほうがいいんじゃないの」

田島がため息をつきながら言った。

絵衣子がこのところ繰り返しボツにされているのは、いずれもタイム・トラベルを題材にした作品だった。それがことごとく全ボツになっているので、田島の発言は当然とも言える。

「……でも……もうちょっとこの題材に拘《こだわ》ってみたいんです」

絵衣子は遠慮がちにつぶやいた。

「意外と頑固だな。なんでタイム・トラベルに拘るんだ？　しかも過去じゃなくて未来に行く話ばっかり考えて」

「それは……」

理由ははっきりしていた。しかし田島に言うと一瞬で否定されそうな気がしたので口を噤《つぐ》む。ここではっきりと田島を納得させるようなことを言えないのが絵衣子の弱いところだった。

「なんとなく興味があって……工夫次第で面白くなりそうな気がして」

曖昧《あいまい》な言い方で逃げようとする。

「そりゃ、なんだって工夫次第で面白くはなるさ。問題はどう工夫するかだろ」

「はい……」

「なんか、題材にばっかり拘って肝心のキャラとストーリーが弱いままなんだよ。漫画の世界観を創るのはキャラとストーリーだろ。第一話でそれをどう表現するかに全てが懸《か》かってんだ。

それを捻《ひね》り出すのは作家にしかできない。俺が意見言うにしても、まずはそっちがボールを投げないと。投げてくれよ。お前の渾身の一球を」

「はい……」

「連載を勝ち取るために大切なのは、やっぱり第一話だ。ここで読者に『面白そう』と思ってもらえなきゃ、続きは読まれないからな」

「……頑張ります」

「頑張るなんてバカでも言えるんだよ。中身もないのに頑張るなんて言った瞬間に、すでに負けてるんだよ」

「はい……」

「はいじゃねえよ！」

絵衣子は思わずうつむいてしまう。そのとき、編集部内を歩いていく二人の人物が目の端《はし》に映った。一人は水田《みずた》あずみだ。いつも派手なフリフリのスカートを穿《は》いているので遠くからでも判別できる。

あずみは絵衣子が佳作を受賞した新人賞で大賞を取った子である。年齢も同じくらいなので、授賞式のときにＬＩＮＥを交換して、それから連絡を取り合うようになった。何度か一緒に食事にも行った。あずみと好きな漫画の話をするのは楽しかった。

しかし、ある時期から絵衣子はあずみを避けるようになった。あずみが絵衣子より先に連載を勝ち取ったからだ。あずみからそのことを聞かされたとき、絵衣子は口では『おめでとう』

と言った。心にもない言葉なのは自分でもよく分かった。たぶんあずみもそれは感じただろう。

その連載一作目はさほど評判にならずに終わり、絵衣子は内心ホッとした。しかしあずみは程なく二作目「ＬＥＡＰ！」の連載をスタートし、人気を獲得し始めた。コミックスはすでに三巻まで発売され、順調に売れているようだ。

あずみと並んで歩いている男は、確かあずみを担当している編集者の横田《よこた》だ。あずみには編集者も丁寧な言葉遣いをするのだろうか。もしかしたら『先生』とか呼ばれているのかもしれない。

二人は『特別応接室』というプレートが貼られたドアを入っていった。絵衣子はもちろんそこに足を踏み入れたことはない。しかし中がどんな様子かは想像ができた。革張りのフカフカのソファにマホガニーのテーブル。一方には大きな窓があって下界が見下ろせるはずだ。下の道路を豆粒のような人たちが行き来するのが見えるだろう。

スタートは同じだったはずなのに、いつの間にかあずみに大きく差をつけられていた。いや、差をつけられるという言い方はあずみに失礼なくらいだ。彼女はもう別次元に行ってしまったと言ってもいい。多くの人が次回作を心待ちにしてくれる漫画を描く作業は、さぞかし楽しいだろう。そして名声、人気、お金、その他自己承認欲求を満足させること全てをあずみは手に入れている。それらはみんな、絵衣子が喉から手が出るほど欲しくて、しかしまだ手に入れることのできないものだ。

ロングヘアーを巻き巻きにしてフリフリの服を着て編集部内を優雅に歩く。あずみはそれこそ漫画に出てくるような女性漫画家の典型的なアイコンをわざと再現しようとしているかに見えた。最初に会った頃はもっと普通の服装だったように思う。どこかの段階で自己プロデュースを考え始めたのだろうか。あるいはアドバイザーでもいるのか。絵衣子は外見にはほとんど拘りがなかったが、あずみのように服装や髪型に凝ったほうが仕事上も有利なような気もする。しかし今の絵衣子があんな恰好をしたら、田島は『恰好なんか一人前になってから考えろ！』と言うだろう。

「よそ見してんじゃねえよ」

「すみません」

田島の突っ込みに我に返り、思わずまた謝ってしまう。

「で、どうする？」

田島は即座に、絵衣子にそう訊いてきた。

「もう一回ネームをやり直します。今日言われたことを課題にして……うちに帰ってよく考えてみます」

「まあ面白くもなんともない結論だな」

「すみません……」

田島は、フッと息をついて、後ろにもたれながら言った。

「別にさあ、雑誌に載ることに拘る必要ないいんじゃないの。今どき、ＳＮＳでいくらでも作品を発表できるんだから」

「はあ……でも私は紙に拘りたいんです」

「タイム・トラベルに拘ったかと思えば、次は紙に拘る、か。なんで？」

「それは……」

「SNSならうるさい編集者にダメ出しされることもなく、どんどん発表できるんだぞ。そのほうがいいだろ」

挑発するように田島が続ける。

「それはそうなんですけど……。編集者にOKを貰えたってことはクオリティが高い証拠だし……その分、紙媒体に載ることに価値がある感じがするんです」

「感じ、か……結局そんなのは自分がそう思ってるだけだろ。根拠薄弱《はくじゃく》だな」

絵衣子の頭の中にはもっと言いたいことがあった。確かにSNSなら個人で漫画を発表するのは自由だ。それに対して紙媒体に載るのはプロとして〝選ばれた〟ということだ。絵衣子にとって紙の雑誌に作品が掲載されるのは、〝プロの漫画家〟という証《あかし》なのだ。

紙媒体はこれから衰退していくんだから、デジタルに軸足を置くほうがいいと考える人もいるが、絵衣子はやはり紙に対する拘りを捨てることはできなかった。

絵衣子がなりたいのはただの漫画家ではない。〝人気漫画家〟だ。雑誌に何本も連載を持ち、単行本を出すたびに何十万、何百万という単位で売れ、いくつもの作品がアニメ化とか映画化されたりする作家だ。

自分の描きたい作品が描けるなら質素な暮らしでもかまわないとは思わなかった。いつか日本で指折り数えられるくらいの作家になるんだ。

そんな考えが頭の中を駆け巡ったが、上手く言えず、言えたとしても『何を偉そうに』と田島に言われるのが目に見えていたので黙るしかなかった。

「分かってると思うけど、世の中には漫画家になりたい人間なんて腐るほどいるんだよ。その中にはそこそこの才能を持ってる人間も一定数いる。その中から勝ち残って、人気漫画家になって成功するのなんてほんの一握りだ。砂漠の中の一粒のダイヤになるってことだ。自分が本当にそれになれると思うのか？　というか、なってやるっていう気概《きがい》があるのか？」

「あります」

「あー、そう。ま、いいや。期待しないで待ってるよ」

田島は心の籠《こも》ってないおざなりな口調で言うと、席を立って行ってしまった。あとは勝手に帰れということだ。『期待しないで待ってる』という言葉の『待ってる』という部分に絵衣子は希望を見出すしかない。新しいネームができたらまた連絡を寄越せということだ。『もう来るな』とは言われなかったのがせめてもの救いだった。

絵衣子は田島が席を立って身体を捻る姿を見たとき、『あ、今の腰、スケッチしたい』と思った。こんな精神状態でも絵を描きたいと思う自分の性《さが》が恨めしい。

そう言えば、田島は絵衣子の絵に関しては評価しているようだ。『絵が古臭い』と言われたことはあったが、もっと新しさを出せとは言われなかった。絵衣子の場合はその古さが味になっていると思われているようだった。コマ割りや構図に意見を言われることはあるが、対応できる範囲のことだった。

やはり、問題はストーリーなのだ。

2

絵衣子はそろそろと立ち上がると、田島が立ったときに横向きになったままの椅子を元に直した。そしてブースを出て編集部の出口に向かう。

すぐに心が折れる人間ならもうとっくに折れているかもしれない。しかし絵衣子は凹《へこ》みはしたが、折れる手前でなんとか踏み留まっていた。田島が自分を鍛えようとしてくれていることに感謝すべきだと思うことで心の平衡《へいこう》を保とうとする。

絵衣子は力を付けたかった。そして人気作家になりたかった。そのためならスパルタでもかまわない。田島だって暇潰しに絵衣子の相手をしているわけではない。自分が担当している新人が大成すれば編集者の手柄になるのだから、彼だってそれなりに真剣だろう。本当にダメなら見放すはずだ。多少なりとも絵衣子に可能性があると思っているに違いない。そんなふうに、少しでも前向きなことを心の中で唱えて自分を元気づけようとした。

同時に、田島へのどす黒い怒りが心の中に渦巻《うずま》いているのも事実だった。言っている内容はどんなに正しくても、どうしてもっと優しい言い方、少なくとも絵衣子を人間として尊重した言い方ができないのだろう。ああいうひどい言い方に耐えるのも訓練のうちだとでも言うのだろうか。絵衣子自身が厳しくしてくれと言ったのだから仕方ないのかもしれないが。

絵衣子が暗い気持ちで廊下を歩いていると、「待ってよ」と後ろから女の声がした。振り向かなくても分かる。あずみの声だ。横田との打ち合わせが終わって特別応接室から出てきたのだろう。

絵衣子は気づかない振りをしてそのまま歩いたが、あずみは小走りに追ってきた。

「来てたんだ。田島っちと打ち合わせ?」

追いつくなりあずみが言った。田島のことを『田島っち』と呼んだ。もうそれくらい彼らと気安い仲になっているんだというアピールだろう。

「うん。そっちも打ち合わせ?」

「うーんと、打ち合わせっていうか――」

あずみは何か言いたそうな素振《そぶ》りをする。絵衣子は嫌な予感がして、そのまま別れたかった。しかし二人は一緒にエレベーターのほうに向かっているのですぐには解放されない。

「ちょっとお茶しない?」

エレベーターを待っているときに、あずみが思いがけず提案してくる。気は乗らなかったけれど、絵衣子は断れなかった。

「え、うん……いいよ」

「じゃ、〝シエスタ〟で」

シエスタはこのビルの一階にあるカフェだ。会社内のカフェに『午睡《ごすい》』という意味の名前を付けるのはいかがなものかと、絵衣子はいつも思いながら前を通り過ぎていた。中に入るのは初めてだ。田島にダメ出しされた直後にここで優雅にお茶しようなどという気持ちにはなれなかったのだ。

入ってみると、店はけっこう混んでいた。ほとんどは文明堂出版の社員と外部の人の打ち合わせだろう。文明堂出版は日本でも有数の老舗《しにせ》の出版社で、漫画だけでなく一般の書籍や雑誌もたくさん出している。

店はガラス張りなので、ロビーを通るときに中で有名な小説家が編集者と話している姿を見かけることも珍しくない。そういうＶＩＰが来ることを想定しているのか、店内は高級感のあるモノトーンの調度で統一されていた。飲み物の値段も高級店並みだ。

あずみはなんの躊躇《ちゅうちょ》もなくズンズン店に入っていく。しょっちゅう来ているようだ。

絵衣子は居心地の悪さを感じながら席に着くと、水を運んできたウエイトレスにコーヒーを注文した。

向かいに座ったあずみは「何にしようかな」とのんびりとメニューを眺めている。自分が誘ったんだからさっさと決めろよと絵衣子は心の中で毒づいた。

できるなら外の店に行きたかった。ここであずみと一緒にいるところはあまり人に見られたくはない。成功者と負け犬が並んでいるように見られる気がするからだ。絵衣子はまだ人気漫画家への道を諦めていないから負けたわけではないが、他人からはそんなふうに見られているような気がしてならない。

「私、シェカラート」

あずみがやっと注文する。しかもシェカラートなんて、絵衣子が飲んだことのない妙な名前の飲み物を。

よく見ると、あずみは高級そうなアクセサリーを身に着けていた。有名なブランドの物かもしれないが、そんな物に縁のない絵衣子には分からない。

「『LEAP!』の第三巻も好調みたいなんだ」

あずみがメニューを置くなり口を開く。

漫画は雑誌に連載されるだけでは完結しない。コミックスになり、それが売れることが実は一番大切なことなのだ。雑誌に掲載されるときの原稿料は一回きりのもので、金額もそんなに高くはない。それに対してコミックスの売り上げから来る印税収入は青天井《あおてんじょう》だ。

印税率はだいたい本の値段の十パーセント。コミックスが五百円の場合、一万部売れたら五十万円、十万部で五百万円、百万部で五千万円。

売れれば売れるほど作者の収入は増える。それは出版社も同じだ。同じ物を印刷するだけで売れていくのだからそれだけ利益率は高くなる。逆にコミックスの売り上げが悪いと雑誌の連載まで打ち切りになってしまうことがあった。

今のあずみはコミックスの売れ行きが好調で、我が世の春といったところだろう。自慢がしたくて絵衣子を喫茶店に誘ったに違いない。『私はあんたなんか手が届かないところまで来たんだよ』きっと心の中でそう言っているのだ。

「そう、良かったね」

絵衣子は無理やり笑みを作って社交辞令を言う。

「それでさ……」

すると直後、あずみはちょっと声を潜《ひそ》めて言った。

「実は、秋文堂《しゅうぶんどう》の『週刊ジャパンコミック』からも描かないかって誘われてるんだ」

「……そうなんだ」

「でも『コミックドリーム』が私を取られたくないらしくて、原稿料上げてくれるって」

「すごいじゃん」

自分のセリフがロボットみたいだと絵衣子は思った。

「これでもし週刊の連載まで持ったら、月刊の四倍締め切りが来るってことだよね」

そんなの当たり前だろと心の中で舌打ちする。

「でも近いうちにそうなるかも。大丈夫かなあ」

知ったことか。無理な仕事を受けて潰れてしまえばいいんだ。

そのとき、コーヒーとシェカラートが二人の前に運ばれてきた。初めて見るシェカラートは、色からするとコーヒーの一種らしい。

「エスプレッソのダブルに氷と砂糖を入れてシェイクしたものよ。去年ミラノで飲んだの。向こうで人気なんだ」

「あ、そう。美味しそう」

絵衣子は形ばかりの答えをしながらコーヒーカップを口に運ぶ。

持ちにくいコーヒーカップだ。本体に比べて持ち手が小さくてグラグラしてしまう。そんなささいなことが絵衣子を苛立たせた。

「それで、頼みがあるんだけどさ」

「え、私に？」

「絵衣子ちゃん、私のアシやらない？」

あずみがシェカラートを飲みながら言った。

「えっ？」

その申し出は、さすがに絵衣子にとって意外だった。

確かに週刊誌に連載する作品を一人で描くのはまず無理だ。当然アシスタントを何人か雇うことになる。作家の指示に従って背景を描いたり、ベタを塗ったり、スクリーントーンを貼ったりするのがアシスタントの仕事だ。デジタル化が進んだ今でも、アシスタントの力は必要とされた。作家はそれで浮いた時間を使って人物を描いたり次のストーリーを考えることに費やすのだ。

「リモートでもいいから」

あずみが続けて言った。

『リモート』とはアシスタントが作家の家に行かずに自宅で作業をして、できた物をオンラインで共有するやり方だ。手描きではなくデジタルで作画する場合はこのやり方が可能だ。昔は漫画は紙にインクで描いていたが、最近は他の分野と同様に漫画の世界でもデジタル化が進んでおり、漫画家がパソコンで作画をする割合はどんどん増えている。手描きに拘る作家も一定数いるが、絵衣子やあずみを含めた若い作家はすでにほとんどがデジタルだった。

もしあずみのアシスタントをするとしても、リモートならあずみの家に行ってあれこれ言われながら作業しなくてもいい。その分、気が楽とは言えたが、それでも絵衣子は気が進まなかった。

逆にあずみのほうは、同期の絵衣子にアシスタントをやらせることができればさぞかし気分がいいだろう。あずみのアシスタントをやりたい者は少なくないはずだ。なのにわざわざ絵衣子にそんな話を持ちかけたのはそういう意図があるに違いない。

絵衣子の心に怒りと悔しさが込み上げた。

「ごめん、自分の作品で忙しいからちょっと無理」

絵衣子はどうにか冷静さを保ちながら言った。

「あ、そう、残念〜。今どんなの描いてんの？」

「まあ、色々……」

ダメ出しされてばかりで今回もいちからやり直しとは口が裂けても言いたくない。

「私、背景につい凝っちゃうから時間かかんのよね。でも下手な人には頼めないじゃん。絵衣子ちゃん、背景は上手いし」

『背景は上手い』というところに、他はダメというニュアンスを込めたつもりだろうか。

そのとき「先生」と声がした。さっきあずみと一緒にいた横田が店に入ってきた。

「あ、横田っち〜」あずみはどの編集者もこう呼ぶのだろうか。横田はスタスタと傍《そば》まで来て絵衣子の隣に座った。

「これ、さっき言ってた資料です」

持っていた書類をテーブルに置く。ヨーロッパの古い街並みの写真をカラーコピーしたものだ。これを参考に絵を描くのだろう。売れっ子になれば編集者がこういう物も用意してくれるのだ。田島はもちろん絵衣子のためにこんなサービスはしてくれない。

「ありがとう」

「いえ、お待たせしちゃって」

どうやら絵衣子はこの資料を待つ間の暇潰しに付き合わされたらしい。

「えっと、君は……」

横田が絵衣子を見ていった。

「松村《まつむら》絵衣子ちゃん。私が大賞取ったとき、佳作だった」

あずみが絵衣子の代わりに答えた。

「あ、そうだっけ」

絵衣子のことなどあっさり忘れていたに違いない。

「じゃ、私は」

絵衣子は席を立った。

「私も出るよ」

「ごめん、ちょっと急ぐから」

絵衣子は笑みを作るとバッグを持って出口へ向かう。早くあずみたちから離れたかった。

「あ、そうそう、こないだ、大丈夫だった？」

そのとき、あずみが思い出したように言った。

「なんのこと？」

「スマホ。見つかった？」

絵衣子にはなんのことだか分からない。しかしこの場を早く離れたかったので、「うん、ありがとう」と適当な返事をした。絵衣子はあずみと会うのは久しぶりだったたし、たぶん他の人のことと勘違いしているのだろう。


絵衣子はそのまま足早に店を出た。横田は絵衣子にはなんの関心も示さない。絵衣子は代金を払わずに出たけど、あずみが誘ったのだから問題ないだろう。たぶん横田が絵衣子の分も経費で払ってくれる。

絵衣子は文明堂出版のビルを出て駅に向かって進んだ。あずみに追いつかれたくなかった。

外の日差しが眩《まぶ》しい。オフィス街のビルがあちこちから日光を反射して絵衣子に照りつけ、絵衣子の焦りや苛立ちを増幅させる。

ビルの壁面の大きな広告の中で、オリンピックの金メダルを取った矢野留美《やのるみ》という水泳選手の笑顔が輝いていた。最近あちこちでこの広告が目に入る。彼女は絵衣子よりずっと若くして栄光を手に入れている。どこへ行っても憧れや羨望《せんぼう》の目で見られるのはどんな気持ちだろう。絵衣子はその笑顔から目を背《そむ》けた。

いつか見返してやるいつか見返してやるいつか見返してやる。絵衣子は心の中で繰り返した。田島には『これまでの非礼をお詫《わ》びします、先生』と跪《ひざまず》かせ、あずみには負けを認めさせる。いや、そんなことは小さな目標だ。本当の成功を手に入れる過程での付随的《ふずいてき》なことに過ぎない。絵衣子が目指すものはもっと大きなことだ。そのゴールまでの長い距離を想像すると頭がクラクラした。

3

絵衣子はジリジリとした日射しの中を歩いた。この季節にしては妙に暑い日だ。汗が一筋頬《ほお》を流れるのを手で拭う。

早めにランチを取ろうとするサラリーマンたちが駅前商店街に吸い込まれていく。そんな中を絵衣子はぼんやりと考えながら駅に向かっていた。

「ストーリー。ストーリー」

さっきからその単語が頭の中を駆け巡っていた。

ああ、どうしたら面白いストーリーが創れるんだろう。手塚治虫《てづかおさむ》の『火の鳥』みたいな。石《いし》森章太郎《もりしょうたろう》（当時は石ノ森でなく石森だった）の『サイボーグ００９』みたいな。ちばてつやと高森朝雄《たかもりあさお》の『あしたのジョー』みたいな。

絵衣子の脳裏には年齢に相応《ふさわ》しくない古典的な漫画ばかりが浮かんだ。実家の本棚にはそんな〝日本の漫画の歴史〟みたいな古典がズラリと並んでいた。絵衣子はそれらの漫画を子どもの頃から貪《むさぼ》るように読んだ。それらはみんな、父の蔵書だった。

その中には父の作品もあった。そうだ、自分が描きたいのはお父さんの漫画みたいな作品だ。情感が豊かで、読んでいるうちに主人公と自分との区別がつかなくなって、主人公と一緒に泣いたり笑ったりできるような漫画。ストーリーと絵が一体となって読者の心を掴んで離さない漫画。父の漫画に与えてもらったものを、自分もみんなに与えられるようになりたい。

一度も会ったことのない父。なのにその存在が心から消えることのない父。太田幸助《おおたこうすけ》。

そんなことをぼんやり考えていた絵衣子は、ふと気づくと本屋に入っていた。何を買うという目的があるわけでもない。いつもの習慣でほとんど無意識に足が向いていたという感じだ。文明堂出版の最寄りの駅前にある大きな本屋だ。このあたりは出版社が多いせいか、書店も充実している。

絵衣子はいつも行くコミックスのコーナーに足を進めた。ここに平積みされているコミックスの作者たちは、みんな絵衣子よりずっと成功している。長期連載を勝ち取り、そしてコミックスが出版されるくらい評判になっているのだ。

もちろん彼ら彼女らにだって苦労はあるだろう。連載漫画を描き続ける大変さは並大抵ではないはずだ。作品の評判が悪かったりコミックスの売れ行きが芳《かんば》しくなかったりすれば、連載が打ち切りになることもある。しかし彼らが絵衣子より高いステージに立っていることは確かだ。

一般書籍の売り場では何も感じないのに、ここに来るとギュッと心臓を摑まれるような息苦しさを感じる。でも逃げてはいられないと絵衣子は思った。いつか自分のコミックスをここに並べるんだ。そういう思いを新たにするためにここに立っていた。

コーナーの真ん中にドーンと置かれているのは水田あずみの作品だ。『ＬＥＡＰ！』の第三巻はやはり売れているらしく、三列になって積み上げられている。第一巻の表紙には主人公の顔が描かれているが、二巻と三巻の表紙にはサブキャラが描かれている。それぞれの登場人物がすでに読者に受け入れられているということを誇らしげに示していた。

絵衣子は悔しい思いをしながらも『ＬＥＡＰ！』を以前から読んでいた。高校の同級生男女の恋愛や進路選択の悩みを、暗くならずにカラッとしたタッチで描いたド直球の青春ものである。

絵は自分のほうが上手いと思うこともあったが、中身は面白かった。奇を衒《てら》ったところがないのに、先を読みたいと思わせる。キャラクターに魅力があり、気持ちに共感できるように描かれている。学ぶべきところは学ばねばいけない。絵衣子はそういうところは素直で、捻くれたところのない性格だった。

そのとき、絵衣子は背中にひんやりとしたものを感じた。視線だ。誰かが絵衣子を見ている。

元来絵衣子は視線など感じない鈍感なタイプだ。しかしこのときは〝誰かに見られている〟と明確に思った。絵衣子が振り返ると、すぐ後ろは全面がガラス張りになっており、店の外の歩道が見える。

最初は鏡があるのかと思った。〝自分〟がそこに立っていたからだ。

しかしすぐにそうではないことに気づく。店の外に立っている女がガラス越しに見えているのだ。その女は絵衣子と同じ顔をしている。年齢も背恰好も同じだ。向こうはさっきから絵衣子を見ていたようだった。

絵衣子が振り返ることを予想していなかったのだろうか。目が合ったとき、女はほんの少したじろいだ様子を見せる。しかしそれは一瞬のことで、すぐに真っ直《ます》ぐに絵衣子を見返してきた。その視線には何やら凛《りん》とした意思が感じられた。

二人が視線を交わしていたのは数秒間だっただろうか。直後、女はスッとその場から離れる。去り際に、女がニヤリと笑ったように見えた。そして人混みの中を歩き去っていく。

その様子を見て、絵衣子は思わず店の外に駆け出した。ビルの角を曲がり、女がさっきいたあたりに走っていく。

しかし、もう女の姿は見えなかった。

立ち尽くす絵衣子の両脇を人々が足早に通り過ぎていく。スーツ姿の中年男が絵衣子に肩をぶつけ、何も言わずに歩き去ったが、絵衣子にはそんなことを気にする余裕はなかった。

心臓がドキドキしていたが、そんなに驚くほどのことはないと自分に言い聞かせる。自分とそっくりの女がいただけだ。追いかけて摑まえたからどうなると言うのだ。お互いに『そっくりですねえ』などと言い合うのか。向こうも店の中に自分に似た女を見かけたので思わず足を止めて見ていただけだろう。目が合ってしまったので戸惑い、去っていったのだ。それだけのことだ。去り際に見せたあの笑みも、気まずさから出たものだったのかもしれない。

絵衣子は再び店内に戻る気にはなれず、そのまま駅に向かった。

駅のホームを歩きながらも、まださっきの女のことを考えていた。

確かに顔や背恰好は絵衣子とそっくりだった。髪は向こうのほうが少し長かったが、ストレートの黒髪なのは同じだ。

ただし絵衣子とは違うところもあった。絵衣子を見つめていた女の視線は力強く、自分をしっかりと持っている人に見えたのだ。

それに服装がずいぶん垢抜けて洗練されていた。絵衣子はいつもトレーナーにジーンズというようなラフな服装だった。家でも外出のときもさほど変わらない。でもあの女はコンサバで女らしい服装だった。それらは明らかに絵衣子が身に着けている物より高級だろう。

それにもうひとつ。立ち去るとき、女は背筋をピンと伸ばしていた。絵衣子は猫背であまり姿勢が良くない。母の美子《よしこ》には『もっと背筋を伸ばしなさい』といつも言われているくらいだ。あの女は自信を持って背筋を伸ばして生きている。そして絵衣子よりはかなり良い暮らしをしている。自分とそっくりの女が自分より幸せに生きている。

それに引きかえ自分は……。なんの確証もないのにそんな自己否定の感情が心に押し寄せ、絵衣子の気持ちを暗くさせる。絵衣子はいつもそうだ。他人の中に自分より優れているところや恵まれているところを見つけては自己嫌悪に陥る。自分にそっくりの女だから、なおさら自分と違うところに目が行ってしまったのだ。

心をリセットしようと、絵衣子は周囲の人々に目をやった。人の動きや仕草を観察して、頭の中にある白い紙にスケッチする。これが絵衣子の一番の精神安定法だった。

近くで中学生らしい制服の女の子たちが談笑している。絵衣子は彼女たちを見ながら〝脳内スケッチ〟を始めた。小学生でもなく高校生でもない中学生の女の子らしい身体つきを観察し、どう描けば〝らしく〟見えるんだろうと考える。絵衣子が男なら、女子中学生をジロジロ見る変態と思われかねないところだ。

その作業に熱中しているうちに、少しずつ気持ちが楽になっていった。

絵衣子は自宅の最寄り駅で電車を降りると、駅前にあるセルフサービスのカフェに入った。いつものように、一番安い二百五十円のブレンドコーヒーを注文する。絵衣子は毎日のようにカフェで仕事をするのでコーヒー代もバカにならない。この店はテーブルが狭いのが難点だったが、少しでも安い店で我慢しなければ。

バッグからノートパソコンを出して電源を入れる。かなり古い機種だが、ストーリーを書くのとネットサーフィンをするくらいにしか使わないからこれで十分だ。作画するときは家にあるデスクトップパソコンとペンタブレットを使っている。二台もパソコンを持つのは絵衣子の経済状態では贅沢《ぜいたく》なことだが、構想を練ったりネームを描いたりするときは自分の部屋ではなく外でやりたかったので、ずいぶん前に無理をしてノートパソコンを買ったのだ。

なぜ外でやりたいのかと言われても、『なんとなく』としか答えられない。開放感のある場所のほうがイメージを羽ばたかせることができそうな感じがするからだろうか。

作業を始めようとしたとき、スマホにＬＩＮＥが入った。

『アシ頼める？　今月の半ばから一ヶ月』という文面だ。八木《やぎ》先生からのアシスタントの依頼だ。

八木ひろしはいつもアシスタントをやらせてもらっているベテランの漫画家である。デビューして二十年以上、独自の世界観の作品を発表し続けている。絵衣子は彼の作品で好きなものがいくつもあったので、田島の紹介でアシスタントをやらせてもらえることになったときは嬉しかった。

八木は今でもデジタル化を拒んで手描きに拘っている。だから遠隔でのアシスタントはできず、彼の仕事場まで行かねばならない。やり方が古いと言えば古いのだが、直接会って技術的なことを色々と教えてもらえるのはありがたかった。

ただし、彼のアシスタントを続けるうちに、人間的には必ずしも尊敬できないことが分かってきた。仕事中サボって遊びにいくのはしょっちゅうだったし、奥さんに内緒で浮気相手と連絡を取っていることをアシスタントたちはみんな知っている。

それでも後輩に対する面倒見はいいし、飄々《ひょうひょう》としていて憎めないキャラだった。あずみに『アシやらない？』と言われたときのような不快感はまったくなく、むしろいつも声をかけてくれてありがたい。

『了解です。よろしくお願いします』絵衣子はＯＫの返事をした。

ところが、スマホを置いて作業に戻ろうとしたときだ。

（それでいいの？）

突如、頭の中に女の声が響いてきた。

（またあんた？　なんの用？）

絵衣子は頭の中でぞんざいに答える。

（呼ばれたから来たのよ）

確かに呼んだのは絵衣子のほうかもしれない。何か迷いや悩みがあるとき、絵衣子は無意識にこの子を呼ぶ。絵衣子の頭の中だけにいる〝Ｂ子〟だ。

絵衣子は何か考えるとき、よく頭の中でＢ子と対話をした。子どもの頃からそうだった。いつも声が聞こえるだけで、姿を伴うことはない。Ｂ子という名前は絵衣子がつけた。Ａ子（絵衣子）に対するB子だ。B子もどうやらこの名前を気に入っているようだ。

いわゆるイマジナリーフレンドというやつだろうか。いや、フレンドと呼ぶにはこの子の態度はデカ過ぎる。

B子は続けて言った。

（アシなんかやっててぃいの？　自分の作品を優先してやんなきゃいけないんじゃないの？）

そのとおりだ。B子はいつも正しいことを言う。絵衣子は心の中でB子に言い返した。

（でもさ、アシは大切な収入源なんだよ。生活のためなんだからしょうがないでしょ）

（まあね。今、銀行の残高は四万五千円くらいだっけ。家賃のことを考えるとそろそろなんとかしないとね）

（そうだよ。分かってるくせに）

（でもこれでいいのかなって迷いがあるよね）

（あるよ。新しい作品の構想を練ったりネームを描いたりする時間を取ろうと思ったら、アシの仕事はセーブしなきゃって。でも生活だってしていかなきゃいけないんだよ。それに……）

（それに、一回断ったらもう二度とアシの依頼が来なくなるんじゃないかって？　あー、小さいねえ、そんなことウジウジ考えて）

（そうだよ。私は小さい人間なんだよ。でもさ……）

（また『でもさ』か。いいよ、反論があったら言ってごらん。聞いてあげるよ）

（アシ以外のバイトはやらないようにしてるじゃん）

絵衣子はアシスタント以外のアルバイトはできるだけやらないようにしていた。たまに単発や短期のバイトに入ることはあっても、ひとつのところで長期間働くことはしていない。それをやるとバイトがメインの生活になってしまい、漫画を描くことが疎《おろそ》かになりそうな気がするからだ。忙しくバイトをするうちに新しいネームを描くことから遠ざかり、いつしか編集者とも連絡が滞ってしまう。疎遠な期間が延びるほど連絡しにくくなって、ますます疎遠になる。漫画家志望者だったはずの人間が、ただのフリーターになってしまうのはいとも簡単なことだった。今までそうやって自然消滅した漫画家の卵がどれくらいいただろう。

女の場合、パパ活や水商売で稼ぐという可能性もあるのだろうが、人と話すのが苦手な絵衣子はそれらを選択肢に入れたことはなかった。

漫画家のアシスタントだけをしていれば、漫画の世界に自分を繋ぎ止めることができる。アシスタントで学んだことを自分の作品に活《い》かすこともできる。絵衣子はこの一線だけは守ろうと心に決めていた。絵衣子には八木の他にも二人ほどアシスタントを依頼してくれる先生がいて、彼らの仕事を渡り歩くことでなんとかギリギリの生活をしていた。

(まあ、今のところはね)

B子は皮肉っぽい声で言った。

(話は変わるけどさあ、あんた田島のパワハラによく我慢してるね)

(パワハラかな……)

(そうだよ。あれは〝厳しく指導する〟とかいう範囲を超えてるよ。なんであんなひどいこと言われないといけないの。『ＭｅＴｏｏ運動』とかさ、世の中はどんどんそういうことを許さない方向に行ってるんだよ。編集長にクレーム入れて担当替えてもらったほうがいいんじゃないの？）

（クレームなんかつけて、まずいことにならないかな）

（またそんなこと心配して。水田あずみはそういうこととちゃんと闘って、今の地位を手に入れたのかもしれないよ）

（そうかな。出来の良い子にパワハラなんかしないでしょ）

（そうやって自分だけが不幸だと思い込んで、自分の殻に閉じ籠って。そんなだからあずみにどんどん差をつけられるんだよ）

（あんなに急に人気が出てもすぐ飽きられるんじゃないかな）

（意地張っちゃって。本当はあずみが羨ましくて憎くてたまらないくせに。あの立場を自分のものにできるなら悪魔に魂を売ってもいいくらいに思ってるんでしょ？）

（うるさい！）

思わず声を出してしまったのではないかと思って周囲を見回す。しかし誰も絵衣子を見ていない。大丈夫だったようだ。

隣の席では女子大生と思《おぼ》しき二人組が笑いながら話している。

「私、ダイエットしよ」

「えーっ、十分スマートじゃん」

「ダメダメ。私を甘やかして太らせる気？」

「シンジに気に入られたいの？　あいつ細い子が好きだって言ってたもんね」

「関係ないって」

そんなことを言いながらパクパクとパンケーキを食べている。ダイエットする前にまずそれを食うのをやめろと絵衣子は思った。しかも痩せたいと言っているその女の子は、どう見てもそんなに太ってはいない。彼女たちは真剣なのだろうけど、要するにその程度の悩みなのだ。

（あっちのほうがよかったんじゃないの？）

B子が言った。

（大きな目標は持たず、気楽に生きれば？　学校を出たら自分の身の丈に合ったとこに就職して、そのうち適当な相手と結婚して……）

（そんな簡単なもんじゃないよ。あの子たちだってそれなりに色々悩んだりしてるんだよ。カフェでバカな話をしてるからって何も考えてないみたいに言ったら失礼だよ）

しかし、B子はなおも笑う。

（なんで見ず知らずの女子大生の弁護なんかしてんの？）

（知らない。会話の流れでしょ）

（で？　向こう側に行ったほうがいいんじゃないかっていう私の質問に対する答えは？）

夢を諦め、田島から罵《ののし》られることがなくなったらどんなに楽だろうと思った。しかし絵衣子はそっちに行こうとは思わなかった。いくら上手く行かないことが続いても、漫画を諦めようとか違う道を探そうなどと思うことは一度もなかった。

（私はこれで行く。きっと成功してみせる）

（ふーん。頑張ってねー）

Ｂ子は冷笑的に言って消えた。

Ｂ子が消えてくれたので、絵衣子は女子大生たちの会話から意識を逸らして仕事に集中する。

田島が言ったように、一度タイム・トラベルという題材から離れたほうがいいのだろうか。

しかし絵衣子はその拘りをなかなか捨てられなかった。

タイム・トラベル物というと主人公が過去に行くことが多いが、絵衣子が考えているのは未来に行く話だ。しかも世界を救うとかいう大袈裟《おおげさ》なものではなく、もっと個人的な話。そこが絵衣子が拘っているポイントだった。

その発想の大元になった漫画がある。それは藤子・Ｆ・不二雄の代表作『ドラえもん』の中の「してない貯金を使う法」という話だ。

それはこんなストーリーだ。主人公のび太はプラモデルを買うために貯金を始めるが、お金はなかなか貯まらない。そこでドラえもんのタイムマシンで未来に行く。未来に行けば、自分の貯金はもう十分な額になっているはずだから、そのお金を持って現在に戻ってプラモを買えばいいのだ。その計画はまんまと成功するかに見えるが、未来ののび太がタイムマシンでやって来て「貯金返せ！」と迫り、現在ののび太と未来ののび太は喧嘩になる。

これを初めて読んだのは小学生の頃だ。父の書斎の本棚にあったのだ。絵衣子は最初に読んだときからこの話に妙に心惹かれるものを感じた。未来に行けばすでに貯金が貯まっているはずなのでそれを取ってこようという発想は素晴らしい。子どもなら誰でもそんなことができたらどれほどいいだろうという夢を抱くものだ。

同時に絵衣子は、この物語の中にただの夢物語で済まないものを感じ取っていた。

絵衣子は昔から、自分の未来はどうなっているだろうとよく考えた。どんな子どもも『大きくなったら○○になりたい』などと考えることはあるだろうが、多くの場合は無邪気にサッカー選手やユーチューバーに憧れているだけで、どうやって実現するかなど真剣に考えることもないままその夢はいつしか消えていく。そしてほとんどの人は〝普通の人生〟を選択していく。自分に何が向いているのかと、就職活動の頃になってやっと考え始める人も多いようだ。

でも絵衣子は違っていた。小学生の頃にはすでに漫画家になりたいと思い、以来それは一度も変わったことがない。『どうすれば漫画家になれるだろう』『本当に漫画家になれるだろうか』というのは常に絵衣子の頭の中にある問題だった。今も連載がなかなか取れずに悶々《もんもん》としている。

だからこの『ドラえもん』のエピソードで描かれている、『未来の結果を知りたい。できればその結果を現在に持って帰りたい』という話に切実に惹かれてしまうのだ。

絵衣子が今一番欲しいもの。それは連載を勝ち取れるような面白いストーリーだ。もし未来の絵衣子が夢を叶えて人気漫画家になっているなら、現在の絵衣子がタイムマシンで未来に行って、ストーリーのアイデアを頂いてくればいいのではないだろうか。

未来の絵衣子が成功しているなら、当然面白い漫画をたくさん生み出せるようになっているはずだ。数あるアイデアの中からひとつくらい拝借《はいしゃく》したとしても、未来の絵衣子は未来ののび太のように怒ってそれを取り戻しに来たりはしないのではないだろうか。そんな都合の良いことを絵衣子は夢想した。

絵衣子は半年ほど前から、その思いを漫画にしようと考え始めた。未来に行って、現在に何かを持って帰ってきたり、未来だからこそ実現できることを現在に持ち込んで体験したりする。それによって主人公が幸せを摑む話だ。

最近描いた何本かのネームは、どれもその発想を出発点にしたものだった。しかしことごとく田島からボツを食らい、やり直しが続いていた。

やってみて初めて分かったのだが、未来に行くのをストーリーにするのは難しい。

映画『ターミネーター』や『バック・トゥ・ザ・フューチャー』のように、過去に戻り、過去に起こった出来事を修正しようとしたり、その修正を阻止しようとする話は多い。しかし未来に行く物語は意外に少ない。

H・G・ウェルズの小説『タイムマシン』は初めて本格的にタイム・トラベルを題材にした作品で、未来に行く物語の代表的な例だ。

しかし主人公は未来に行って未来人の問題に関わるものの、何かを現代に持って帰るようなことはしない。なぜそういう物語が少ないのだろうか。絵衣子は自分の作品で四苦八苦するうちに気づいた。それが難しいから手をつける人が少ないのではないだろうかと。

タイム・トラベルを扱った映画で、未来に行って、何かを得て戻ってくるパターンの数少ない例は『タイム・アフター・タイム』という作品だろう。この映画は実在のSF作家H・G・ウェルズが主人公だ。彼がタイムマシンを発明し、未来に逃亡した連続殺人鬼・切り裂きジャックを追って現代のサンフランシスコにやって来る。そして切り裂きジャックを倒し、現代で出会った女性を連れて元の時代に戻る。ラストには、『ウェルズが小説で描いた未来を予見するような描写の数々は、実際にそれを見たからこそ書けたものだった』というオチがついている。未来から何かを持って帰って幸せになるという、絵衣子が望むパターンがここにある。

しかし絵衣子にとってはこの作品はあまり参考にならない気がしていた。ストーリーの主軸はH・G・ウェルズと切り裂きジャックの対決で、未来へのタイム・トラベルは〝舞台の移動〟でしかない。ウェルズが元の時代に持って帰った小説のネタも、意図せず手に入ったご褒美程度のものとして描かれていた。

もしかしたら、たくさんあるSF小説の中には参考になるものがあるのかもしれない。絵衣子は漫画をよく読み、映画もたくさん観たが、そのぶん小説を読む時間が少なくなったことは否《いな》めなかった。

絵衣子は『未来から何かを持って帰ること』をメインテーマにしたストーリーを創りたい。いわば『主人公が未来からお金を取ってくることに成功したらどうなるか』というストーリーだ。

だが、ストーリーというものは主人公に都合の良いことが起こるだけでは面白くはならない。

未来からお金を取ってきて、欲しい物を買うだけで終わってしまったのではストーリーとしてはダメなのだ。結局は未来の主人公がお金を取り返しにくることでお金は手に入らずに終わり、お金はやはりコツコツと貯めるしかないという無難な教訓話に落ち着くのだろう。それは絵衣子が求めるものではなかった。

『未来から持ってきたもので幸せになるなんて、お前の願望に過ぎない』と言われたらそれまでなのだが、どうしてもそこから離れることができなかった。

絵衣子は成功を手に入れたい。どうしたらそれが手に入るのだろう。そのことで頭がいっぱいだった。欲しいものを手に入れることができずに悶々としている自分が救われたいという想いが、ストーリー創りにまで影響を与えているのかもしれない。その思いが先走ってストーリーが一本調子になってしまうのだ。だから絵衣子が創る物語は田島に言わせると『ウネリがない』ということになってしまう。何度もそれを繰り返すうち、絵衣子自身もそういう問題に気づき始めていた。やはり絵衣子が求めているストーリーは実現不可能なのだろうか。

(やっぱりそれじゃ無理なのよ。変な拘りを捨てて、違うことを考えたほうがいいんじゃないの?)

またB子だ。B子が言うように、ここらで思い切って方向性を変えてみようか。現代を舞台にしたサスペンスタッチの作品でも考えてみるか。

絵衣子が頭の中でそんなことをつぶやくと、B子は笑った。

(ははは。未来に行く話は創れない。でも現代を舞台にした面白いサスペンスなら描けるの?

そんな都合の良いことがあるのかな？）

（あんたが違うことを考えたほうがいいって言ったんじゃない）

絵衣子は思わず腹を立てる。

（私はあなたの心の迷いや不安を言い当ててるだけよ。なにしろ私はあなただから）

（もういい。消えて！）

心の中で叫ぶとB子はすぐに消えた。

隣の女子大生たちがきょとんとして絵衣子を見ている。どうやら絵衣子はテーブルを叩いていたようだ。絵衣子は慌ててゴミをテーブルから払う振りをして誤魔化す。女子大生たちはヒソヒソと何か話すと、席を立って店から出ていった。

その様子を見て絵衣子はトイレに立った。別に用を足したかったからではなく、気恥ずかしさにその場から逃げたかったのだ。

仕事中にトイレに入ると、出るときに念入りに手を洗うことにしている。そうすることで何か新しいアイデアが出るような気がしたからだ。しかし結局この日はこれといったアイデアは出ないまま終わった。

カフェを出たとき、またあの感覚を背中に感じた。本屋で感じたのと同じものだ。

絵衣子は慌てて振り返って見回したが、絵衣子を見ている人物はどこにも見当たらない。気のせいだろう。絵衣子はそう自分に言い聞かせて歩き出した。

4

コーヒーの香りがした。

見回すと、高級感のある調度品に囲まれている。どうやらここはホテルの一室だ。客室ではなく、控え室として使う部屋らしい。かなり高級なところなのだろう。目の前の白いクロスが張られた丸テーブルには、同じように真っ白なコーヒーカップが置かれていて、湯気を立てていた。まだ口がつけられていないようだ。その横には銀色のポットがあり、いつでも注ぎ足せるようになっている。

ここはどこだろう。どうして私はこんなところに？　窓の外を見た。壁面が黄色い高層ビルが見える。あのビルはなんだろうと思ったとき、ノックの音がしてドアが開いた。

入ってきたのはスーツを着た田島だった。田島は普段会社ではカジュアルな服装なので、サラリーマンのようなスーツ姿を見たのは初めてだった。

「先生、もうすぐ入場ですから」

田島は絵衣子のことを『先生』と言った。しかも『ですます』で話している。

「いやー、ついにここまで来ましたね」

田島が晴れ晴れした顔で言う。

ここまで、とはどこまでだろう。

「先生の作品は色々ありますけど、僕はやっぱり『パラレル・パスポート』で受賞してほしかったんですよ」

そうだ、思い出した。

今日はこれからこのホテルの鳳凰《ほうおう》の間で『新世紀漫画大賞』の授賞式が開催されるのだ。絵衣子の作品『パラレル・パスポート』が大賞を受賞したのだ。

この賞はその名のとおり二十一世紀になって始まり、もう二十年以上続いている。これまでに錚々《そうそう》たる作家たちが受賞している。

「なにしろ先生の最初の連載漫画だし、苦労して一緒に創ったっていう想いが僕にもありますから。この賞を受賞すれば、漫画界のトップランナーですよ」と田島が続けた。

絵衣子は近くにある鏡を見る。そこにはずいぶんと垢抜けた雰囲気の絵衣子がいた。ブランド物らしい黒いドレスに身を包み、首には金色のネックレスをつけている。それらがすっかり板についている感じだ。

「こないだの漫画協会のパーティのときの青いドレスも良かったけど、今日のドレスも似合ってますよ」

「ええ、今回はオーダーメイドにしたんです」

自然と答えていた。そうなのだ。絵衣子は普通にブランド店に出入りするようになっていた。

半年前に引っ越した3LDKのマンションには広いウォークインクローゼットがある。まだ何着かしか新しいドレスはかかっていないけど、これからどんどん増えていくことだろう。リビングの窓からは東京タワーとスカイツリーの両方が見えるのが自慢だ。

しかも、それとは別に、近くに1LDKの仕事場も借りている。その部屋を借りてからも、相変わらず毎日のようにカフェへ仕事をしに行っていた。やはり周りに人がいる場所のほうが発想が湧くのだ。

もう一人のスーツ姿の男が部屋に入ってきた。こちらは知らない人だ。

「先生、それでは入場していただきます。こちらにどうぞ」

この男は授賞式のスタッフらしい。

いよいよだ。ちょっとしたトークイベントの出演などは何度も経験して慣れていた絵衣子だったが、この晴れの場はさすがに緊張する。

考えてあったスピーチの内容を頭の中で反芻《はんすう》する。田島の指導がいかにスパルタ式だったかを面白おかしく誇張して笑いを取るつもりだ。もちろん、それでも感謝しているという言葉を付け加えるのは忘れない。

男は絵衣子を先導して廊下を行く。田島も後ろをついてきた。この廊下は他の客が通らない専用通路のようだ。こういうイベントの出演者などが通るように造られているのだろう。ここを案内されて歩くのは、これから晴れがましい場所に立つ人間だけだ。

真っ直ぐに続く長い廊下の先で男が立ち止まった。目の前には大きなドアがある。中から人々がザワザワと談笑する声が聞こえてくる。かなりたくさんの人がいるようだ。何度も頭の中で練習していたあの挨拶がやっと日の目を見るときが来たのだ。

やがて中から司会者のものらしい声がスピーカーを通して響いた。

「それでは松村絵衣子先生に登場していただきましょう。どうぞ！」

さっきの男が「お願いします」と絵衣子を促した。中から大きな拍手が聞こえる。ドアが開けられた。絵衣子は緊張しながら中に入った。

明るいスポットライトが絵衣子を照らす。逆光のせいで会場の様子はほとんど見えない。かろうじて天井に大きなシャンデリアが下がっているのが見えた。思ったより広い部屋のようだ。多くの人がいて、こちらを注目している雰囲気が伝わってきた。

スポットライトってこんなに眩しいんだ……。そう思いながら、絵衣子は光と拍手の洪水の中に飛び込む。拍手に包まれ、気持ちが高ぶるままに絵衣子は壇の上に足を進めた。

そこで絵衣子は目を覚ました。

ここはどこだろうと一瞬考える。見慣れた天井が見えた。絵衣子の狭苦しいワンルームの部屋だ。

「なんだ、夢か」

そうつぶやくと同時に、絵衣子はひどく落胆した。いま見たのはまさに絵衣子が欲しいと思っている現実だった。人気漫画家という立場。みんなが自分を『先生』と呼んでいた。ブランド物のドレス。高級マンション。みんな泡のように消えてしまった。

胸がドキドキしていた。怖い夢から覚めて、夢でよかったと思うことはあるけど、今の夢だけは覚めてほしくなかった。それにしても妙にリアルな夢だった。控え室で飲んだコーヒーの香りと味がまだ鼻と口に残っている。いつも飲んでいる二百五十円のコーヒーとは明らかに違う物だった。

しかしリアルではないところもあった。東京にあんな黄色い高層ビルはないし、ホテルの中にあんなに長い真っ直ぐの廊下はないだろう。しょせん夢なのだ。夢を見ているときは、どうして夢を見ていることに気づかないのだろう。後から考えると現実とは違うおかしなところがたくさんあるのに。

でも、と絵衣子は思った。今いる現実が夢ではなく本当に現実だとどうして言えるだろうか。あっちの世界から見ればおかしなところがいくつもあるのかもしれない。

前に本で読んだ話を思い出した。中国の話だったろうか。確か『胡蝶《こちょう》の夢』という題名だ。ある男が蝶になった夢を見るのだが、目が覚めたとき、今の自分のほうがあの蝶が見ている夢かもしれないと思ったという話だ。

絵衣子はその話を読んだとき、単なる思考の遊びでしかないように思えた。今の自分の日常が実は一羽の蝶が見ている夢だったとして、だからどうだというのだ。自分にはこの現実を生きるしかないのだから関係ないではないか。自分と蝶が入れ替わったり、蝶に『どうせ見るなら、もっと楽しい夢を見てください』と頼んだりできるわけでもないし。

だが絵衣子がいま見たのはただの夢というだけでは済ませられない感じもあった。そこにあるのがまさに絵衣子が欲しいものだからだ。あの現実がどこかに存在するのだろうか。どこかで他の絵衣子があの現実を生きていたりするのだろうか。

もしかして、あっち側で成功している絵衣子が見ている夢が、成功できずに足掻《あが》いているこっちの自分なのかも……そんな想像をすると、どっと惨《みじ》めな気持ちが押し寄せてくる。もしそうなら、成功しているほうと入れ替わりたいと思わずにいられない。

絵衣子は身を起こした。狭い部屋がいつもよりもっと狭く感じる。どんどん狭くなって壁に押し潰されそうだ。

絵衣子はモヤモヤした感じに包まれながらベッドを出る。コンビニで買った食パンをトースターで焼こうとしたが、なかなか熱くならない。この間から調子が悪かったがついに壊れたようだ。しかしいま新しく買い替えている余裕はない。

絵衣子はパンをそのまま齧《かじ》りながら、妙なことが続くなあと思った。街で自分にそっくりの女に会ったり、あんな夢を見たり。

関係ない。意味なんかない。ただの偶然だ。そう思おうとした。

絵衣子はいつものようにカフェで新しいストーリーを考えようと思い、家を出た。八木先生のところにアシスタントをしに行くのは今月の半ばからなので、あと一週間はこの作業に専念できる。

あんな夢を見たのはタイム・トラベルする話ばかり考えていたからかもしれない。昨日考えたとおり、現代を舞台にしたサスペンスでも考えてみようか。

そう思いながらいつもの駅前の道を進む。歩くうち、少し寄り道をしようと思いつく。

絵衣子は商店街の目抜き通りを逸れて脇道に入る。少し歩くと小さなお社《やしろ》が見えてきた。

その神社は駅前商店街の裏手に、ビルに囲まれてひっそりと建っている。一礼して鳥居《とりい》を潜《くぐ》ると、十メートルも行かないうちに社殿に突き当たる。ほとんどお社だけでいっぱいになってしまうような小さな空間だ。こんな狭い場所なのに、大きな樟《くすのき》と銀杏《いちょう》の木が何本か植わっており、こんもりとした枝葉が地面に影を落としている。

絵衣子は週に一度はここにお参りする。絵衣子はこの場所が好きだった。なんとなく自分だけが知っている秘密の場所のような感じがするからだ。実際は、そう多くないものの近所の人たちがよく参拝に訪れているので、一人っきりになれる瞬間はそう多くはない。それでもこの四角く切り取られた小さな空間に入るとなぜかホッとする。

手水舎《ちょうずや》で身を清めてから本殿の前に行き、鈴を鳴らして二礼二拍手一礼。ちゃんと作法を守って参拝をした。

「今朝見た夢が、他人のものじゃなく、私自身の現実になりますように。そのためならどんなことだってしてします」

今日のお祈りの言葉はシンプルだった。

それに加えて「私より先に売れっ子になっているあいつとか、あいつが落ち目になりますように。売れっ子漫画家のパーティ会場が爆弾テロで吹っ飛びますように。それでいなくなった漫画家たちの穴を埋めるために私に仕事がバンバン来ますように」などと言いたくなることもあったが我慢する。この清浄《せいじょう》な空間にはそんな邪心は相応しくないような気がしたのだ。絵衣子は神様の前ではいつも良い子だった。

ただし、最後にもうひとつお祈りを付け加えた。

「夢を実現するためには、とにかく面白いストーリーが必要なんです。連載が取れるような最高のストーリーができますように。それもできるだけ早く！」

そう強く念じ、絵衣子は境内を出た。鳥居を出てすぐ振り向いて一礼することも忘れない。

お参りしたせいかちょっとすっきりした気分になった。何か良いアイデアが出るかもしれない。

5

気分を変えるために昨日とは違うカフェに入ることにした。セルフサービスは同じだがチェーン店ではない、ちょっとグレードの高い店だ。コーヒーが三百五十円とちょっと高かったが、テーブルが広いので仕事がしやすい。

絵衣子はカフェに入る前に、隣にあるコンビニに入った。赤いボールペンのインクがなくなりかけだったのを思い出したのだ。

文具の棚に行ってボールペンを探す。しかしなぜか三色ペンしか置いていない。三色のものを買っても、いつも赤だけがすぐなくなってしまい、黒と青が無駄になる。それを承知で三色ペンを買うかどうか迷っているときだった。

「見っけ！」

すぐ隣で男の声がした。

自分に向けて発せられたらしいその言葉に絵衣子はギョッとする。万引犯に間違われたのかと一瞬思ったのだ。

横を見ると、若い男が立っていた。スラリと背が高く細身で顔も悪くない。一般的にはイケメンと言われるような男だ。ただ、その服装は明らかに金持ちそうではない。無精髭《ぶしょうひげ》を生やしている。フリーターだろうか。

「え？」

とりあえず絵衣子は一番簡単なリアクションをする。

「俺だよ。俺」

男は自分を指差してそう言うが、明らかに見覚えのない男だった。

「え、あの……何か」

「何かじゃないだろ。ひどくね？」

「えーと、どっかで会いましたっけ」

「もしかしてマジで忘れたの？」

「すみません。初対面だと思いますけど」

「うわ、何それ、記憶喪失とか？」

ナンパの一種だろうか。コンビニの文具コーナーで『会ったことがあるだろ』と言い張って、引っかかる女がいるとは思えない。ついて行くかどうかは別として、『可愛いなと思って声をかけた』とかストレートに言われたほうが普通に嬉しいだろう。

「すみません。分かりません」

絵衣子はそう言って立ち去ろうとした。ちょっと変な人かもしれない。関わらないほうがいいだろう。

「えー、待ってよ！」

しかし男は追ってきた。店を出ようとする絵衣子の横に男が並ぶ。

「てことは他人の空似？」

男は改めてまじまじと絵衣子の顔を見ながらつぶやく。

「マジ、そっくりなんだけど」

その様子に絵衣子はハッとした。他人の空似……もしかして。

それから五分後、絵衣子はコンビニの隣のカフェの店内に座っていた。あの男はセルフサービスのカウンターで自分と絵衣子のコーヒーを買っている。

絵衣子は男の後ろ姿を見ていた。男に声をかけられたのなんていつ以来だろう。絵衣子は男女が出会うような場所に行くことはほとんどなかったし、男が声をかけたくなるような見た目もしていない。

向こうも女に声をかけるのに相応しい恰好とは言えなかった。彼のジーンズには穴がいくつも開いていた。あれはお洒落《しゃれ》なのか、それとも新しいのを買うお金がないのか。絵衣子はお金がないのは自分も同じなので、男が貧乏だからと言って下に見るようなことはない。もっと普通の出会い方をしていれば、そこそこ好みのタイプと言えるかもしれない。警戒しながらも絵衣子は彼が会ったという女のことを訊いてみたかった。

やがて男がコーヒーをふたつ持って向かいに座った。

「ありがとう。で、それっていつのこと？」

絵衣子はお礼を言うやいなや、彼が絵衣子とそっくりな女と会ったときのことを訊いた。

「えーと、一週間くらい前だっけ。渋谷のロフトで俺に話しかけてきた」

「なんて？」

「傘売り場でさ、この傘は男物ですかって。やっぱ君じゃないの？　まさか自分で忘れてるってことない？」

「絶対人違いです。最近渋谷のロフトなんか行ってないし」

「でもどう見ても同じ顔なんだよな。けっこう可愛いなって思ったんだ」

男は臆面もなくそう口にする。絵衣子にそっくりの女が可愛いなら、絵衣子も可愛いということだろうか。しかし今はそんなことより、この男が見た女の正体を知りたかった。

「実は……私もたぶんその人を見たことがあるの」

「えっ、どういうこと？」

絵衣子は、先日自分にそっくりの女を見たことを話した。本屋のガラス越しに視線を交わしたこと。向こうはすぐに歩き去り、急いで追いかけたが、女は人混みに紛れて姿を消したこと。

「へえ、そんなにそっくりだったの？」

「うん。あなたが会ったのは、たぶんあの人だったんだと思う」

「その可能性あるね」

「その私とそっくりな人とどんな話をしたの？　傘が男物かどうかということ以外に」

「その傘は男女どっちでもＯＫな感じだったんで、どっちでもいいんじゃないのって。雨も降ってないのになんで傘を買うのとか言いながら、ビルの中のカフェに誘って雑談……ちょっと可愛いと思ったから、仲良くなるチャンスかと思ってさ」

可愛いと言ったのは二回目だ。

絵衣子は女をガラス越しに見ただけだが、この男は直接話している。何か情報を持っているかもしれない。

「どんな感じの人だった？　その私に似た、可愛い人」

『可愛い人』と言ってみたが、男はそこには反応しなかった。

「ああ、うーん、なんていうか……」

「そんなに私と似てた？」

「うん。でもこうやって話してると、そんなに似てない気もしてきた」

やっぱり可愛いのはその女だけか。

「なんかキャラが違うって言うか」

「どう違うの？」

「うーん……向こうのほうが、なんかハッキリしてるっていうか、気が強い感じかな」

それは絵衣子がガラス越しに見たときの印象と同じだ。間違いない。あの女だ。

「ごめんね。やっと会えたと思ったら違う女で」

絵衣子はちょっとツンとして言ってみる。

「いやいや。まあ、これはこれで楽しいっていうか」

どこまで本気で言っているのかよく分からなかった。

「でもちょっと変な感じだったな、あの子」

「変？」

「矢野留美のこと知らないし」

「え、どういうこと？」

「矢野留美って可愛いよねって言ったら、知らなかったんだ」

「えっ⁉」

そんなことがあるだろうか。あれだけ街中に矢野留美が出ているという広告が溢《あふ》れているというのに。テレビでもネットでも『金メダリストの矢野留美に彼氏はいるのか』など彼女の話題が出ない日はない。

「ずっと外国にいたとか？」

「さあ。そのへん詳しく訊こうと思ってたんだけど、俺がトイレに行ってる間に姿消しちゃってさ」

自分のことを詮索《せんさく》されるのを避けたのだろうか。

「なんだろうって思ったよ。狐《きつね》に摘《つま》まれた感じって言うの？　向こうから話しかけて、変なこと言って興味引いといて、勝手にいなくなるなんてひどくね？」

「確かに……」

「もしかして、あの子は次元の裂け目から現れたのかな、なんてあとで思ったよ」

ドキリとした。絵衣子には彼が言おうとしている意味が分かるような気がする。しかし彼の説明を聞いてみたかったので知らない振りをした。

「何それ？」

「ネットで読んだんだけどさ、東日本大震災のとき、どっかの夫婦が被災地で車を走らせてたら、江戸時代の日本とビクトリア時代のイギリスが混ざったような町並みが見えたんだって。で、旦那のほうがその世界に引き込まれて消えてしまったんだって」

「それで？」

「旦那はそれっきり行方不明。ところが、ある刑事が不思議な証言をしたんだ。大震災のずっと前の一九八〇年代に、その消えた夫と同姓同名の男性が警察署に駆け込んできたことを覚えてるって」

「え、それって……」

「その男はいろんなパラレル・ワールドを彷徨《さまよ》ってるって話したらしい。でも刑事は頭がおかしいんだと思って相手にしなかった。それっきりその男の行方は分かってないんだって。その男は次元の裂け目に落ち込んで、他の並行世界をウロウロしてたんじゃないかな」

「作り話でしょ。都市伝説ってやつ？」

「まあネットで見ただけだから」

絵衣子も同じような話を聞いたことがある。やはりネットで読んだのだ。

「その話って、ちょっとおかしい感じがする」

「そりゃ、おかしな話なんだけどさ。常識ではあり得ないことなんだから」

「そうじゃなくて……その男の人は、いろんなパラレル・ワールドを彷徨ってるって言ったんでしょ。でも時代が違ってることはどう思ってたのかな」

「さあ……それって変かな」

「だってパラレル・ワールドに彷徨い込むのも大変だけど、行く先で時代が変わってるのも大変なことでしょ。片方だけを言うのは変じゃないかな」

「そう言われると……でも妙なことを気にするんだね」

「ごめんなさい、変な奴だと思った？」

「いや、面白い視点だね」

絵衣子が今の話に引っかかったのは、パラレル・ワールドとタイム・トラベルの両方が入っているからだ。おそらくこの話は素人が創ったものだろう。ジャンルをごっちゃにするとストーリーが混乱する。絵衣子はタイム・トラベルを扱ったストーリーを創るのに四苦八苦しているところなので、無邪気に複数の要素を入れていることに腹立たしい気持ちが湧いたのだ。しかしそんなことをこの男に言っても仕方がないので黙っていることにした。

しかし、パラレル・ワールドとタイム・トラベルは全然関係ないかというとそうでもない。この両者の関係は……絵衣子が心に妙なざわつきを感じながらこのことを考え始めたとき、男が唐突に言った。

「他の話、しよっか？」

「え」

「なんかこの話題が楽しそうじゃないからさ」

「ううん……そんなことはないけど」

確かにこの話題から逃げたいような息苦しさを感じている。同時にこの話をもっと突き詰めたいという気持ちもあった。

「じゃ、基本的な質問からしていい？　君って何してる人？」

男は少し空気を変えようと、初対面の相手にするような普通の質問をしてきた。こういうとき、絵衣子は漫画家だと答えることに抵抗がある。しかし嘘を言うのも嫌だった。

「漫画とか描いてて……」

なんとなく曖昧な言い方をする。まだ大した漫画は描いてないというニュアンスを込めたつもりだった。

「えっ。漫画描いてんの。すげえ！　どんなの？」

しかしこの男にそのニュアンスは伝わらなかったようだ。

「ううん、そんな大したもんじゃなくて。まだぺーぺーで、短編が掲載されただけ。連載持ったこともないし……編集の人にいつもダメ出しばっかりされてるの」

「それでもすごいよ。プロの漫画家ってことだろ？」

男は絵衣子の名前を訊くと、すぐにスマホで検索している。エゴサしたことがあるから分かる。おそらく前に別冊に掲載された「約束の星」と「虹の端っこ」という二本の短編の情報が出てきたのだろう。『作者・松村絵衣子』とちゃんと出ている。

「ほんとだ。すげえ」

画面を見ながら男が言った。

自分のことをこんなに単純に評価してくれる人と会ったのはいつ以来だろう。

「でも最近はネットで作品を発表するのも簡単だから」

「謙遜《けんそん》することないよ。雑誌に掲載ってやっぱりすごい。どうやってそういうふうになったの？　持ち込みとか？」

「最初は新人賞で佳作になって……それから編集者がついて」

「佳作か。すげえ」

「佳作なんてすごくない」

「いやいや。漫画ってさ、絵と話を両方創るわけじゃん。やっぱすげえよ。天は二物を与えるっていうの？」

すげえの大安売りだ。褒《ほ》められるのは嫌ではないが、ここまで手放しだと褒め殺しをされてるような気分になってくる。

「絵衣子ちゃんか。良い名前だな」

男はスマホの検索画面を見ながら言った。

「こっちがA子ならあっちはB子だな」

「え？」

「だから正体不明のB子」

絵衣子は驚いた。それはいつも絵衣子の頭の中に現れるもう一人の自分と同じ名前だったからだ。しかし絵衣子（A子）に対してB子という発想が湧くことはそんなに不思議ではない。ただの偶然だろう。

続いて男も自己紹介をしてきた。彼の名前は桑田《くわた》洋平《ようへい》。二十八歳。差し出した名刺にはwebライターという肩書きが記してあった。色々なサイトに記事を書く仕事なのだという。お互いにクリエイティブな仕事をしていると分かり、少し距離が縮まった感じがした。

「前の会社辞めてブラブラしてるときに、知り合いでライターやってる奴に助っ人頼まれたんだ。で、やってみたら、簡単な仕事だったんでなんとかできて……そう言えば小学生の頃、作文褒められたことがあったから、もしかして天職？　みたいな。でもそう世の中甘くはないよな。仕事はポツポツ来るけど、まだ食えるか食えないかってくらい？　当面の目標はバイト生活から足を洗うことかな」

洋平は呑気な口調で言った。ジーンズの穴はファッションではなかったらしい。

「いい加減ライターは諦めて、他の仕事を探したほうがいいかもって、いつも思ってるよ」

洋平はカラリと口にする。自分のダメなところを軽く話せる男は嫌いではない。しかし絵衣子の中には、この出会いを喜ぶ気持ちとそれを否定する気持ちの両方があった。

この男とは割と話が合いそうだ。その反面、これから成功を目指そうというときに、バイト生活から抜け出せない上にそのことにさほど危機感を感じていない男と付き合って、悪い影響を受けないだろうかなどと傲慢《ごうまん》な心配をしている自分もいた。絵衣子はいつもそんな偉そうなことを考えるタイプではなかったが、今はそういうことを気にしてしまう。

「あの、私そろそろ仕事していいかな」

絵衣子はもともとこのカフェで仕事するつもりだったのだ。この男と今後仲良くするかは別にして、今は仕事をしなければ。

「あ、そう……」

洋平はまだ話したい様子だったが、絵衣子がバッグからノートパソコンを出したので、諦めたように口を閉じる。

「じゃ、行くよ。あ、そうそう、LINE交換していい？」

言いながら洋平が提案してきたので、絵衣子はスマホを出して彼とLINEの交換をした。

「じゃ、近いうちにLINEする」

洋平はそう言って去ろうとしたが、何か思い出した様子で立ち止まった。

「そうそう、これ――」

洋平は肩にかけていたショルダーバッグの中を探ると、小さな物を取り出した。

それは、薄いプラスチックの板だった。一辺が十センチほどのほぼ正方形で、シールが貼ってあり、そこにメーカー名が印刷されている。一般に売られている物だろう。しかし絵衣子は初めて見る物だった。

「何？　これ」

「フロッピーディスク。あ、知らない？　俺がギリギリ知ってる世代かな」

それなら聞いたことがある。昔使われていたパソコン用の記録媒体だ。子どもの頃に見たことがある気もする。

「ほら、中にディスクが入ってるんだ」

言いながら、洋平はディスクの金属部分を指でずらして見せた。中に黒く薄い円盤状の物が入っている。ここにデータが記録されるのだろう。

「大きさが何種類かあって、これは3・5インチフロッピーディスクっていうやつ。もう生産されてないけど」

「で？」

「あの女の忘れ物」

「え？」

「さっき言ったろ。俺がトイレに行ってる間に姿を消したって。戻ってみたらテーブルの上にこれが置いてあったんだ」

「中身は？」

「分からないよ。見る方法がないんだから」

フロッピーディスクを今のパソコンで使うことはできない。それ専用のドライブがあれば使えるのかもしれないが。あの女がどうしてこんな物を持っていたのだろう。

「で？」

「持っててくれない？」

「え、なんで私が？」

「さあ、なんでだろ。俺より君が持ってるほうがいい気がする」

「なんで？」

「……落とし主とそっくりな人が持ってたほうがよくない？」

「意味不明なんだけど。交番にでも届けたら？」

「こんな物届けられても警察だって迷惑でしょ。保管庫に放り込まれるだけだよ」

それはそうだ。

「そっくりさん同士、どっかで再会するかもしれないじゃん。そのとき返せばいいだろ。俺よりは本人の手元に戻る確率高いんじゃないかな」

分かるような分からないような理屈を言いながら、洋平は押しつけるようにそのフロッピーディスクを差し出した。

その強引さに押され絵衣子は思わず受け取った。

「じゃ、また」

洋平は笑みを残して去っていく。絵衣子は店から出て行く洋平の後ろ姿を見ながら、彼とはまた会うような気がしていた。

絵衣子は改めて、手に残されたフロッピーディスクを見てみる。

あの女の忘れ物。それがいま自分の手にある。中に何が記録されているのだろう。もしかしたらあの女の正体が分かるかもしれない。しかし他人の物を無断で覗き見ることは躊躇《ため》われる。第一、中身を見る方法が分からない。

絵衣子はフロッピーを横に置いて、仕事のほうに意識を切り替えようとした。

さっき洋平が話した次元の裂け目に彷徨い込んだ男の話に何かヒントがあるような気がする。

絵衣子はこれまでタイム・トラベルの話ばかり考えており、並行世界という題材に目を向けたことはなかった。絵衣子はこのふたつをひとつの話に入れ込むのは良くないと洋平に言ったが、よく考えれば必ずしもそうとは限らない。実際、ストーリーの中にタイム・トラベルとパラレル・ワールドの両方を存在させることで〝タイム・パラドックス〟の問題を解決させている例が存在するのだ。

タイム・パラドックスとは簡単に言うと、過去に戻って自分の父親を殺すと、自分は消えるのか？　という問題だ。自分が生まれる前に戻って父親を殺せば、自分が生まれることはなくなる。そうなると自分が父親を殺すこと自体が不可能になってしまう。しかしここにパラレル・ワールドを持ち込むと矛盾が解決する。過去に戻って自分の父親を殺すと、その瞬間に世界は枝分かれして、父親が存在せず自分が生まれることもない別の世界、すなわちパラレル・ワールドがひとつ出来上がると考えればよいのだ。

絵衣子は、もしかしたら何かいい案が出るかもと思いながら、一時間ばかり頭を捻った。しかし期待に反してこれといった案は出てこない。そう簡単にいけば誰も苦労はしない。

絵衣子の集中を妨げるものがテーブルの端に置いてあった。その小さな四角いプラスチックについ目が行ってしまう。

絵衣子はスマホを取り出し、『フロッピーディスク』『見る』で検索してみた。

すると、フロッピーディスクドライブというものがあれば最近のパソコンでも中身を見ることができることが分かった。フロッピーディスクドライブは今も普通に売られている。絵衣子はすぐに席を立って店を出た。

電車で一番近くのターミナル駅まで行き、駅前の大きな家電量販店に入る。パソコン売り場で「フロッピーディスクドライブはありますか？」と店員に訊くと、「これですね」とすぐに出してくれた。三千円ほどだ。今の絵衣子には痛い出費だったが、迷わず購入する。通販でもっと安いのを買えたかもしれないが、絵衣子は早くあのフロッピーの中身が見たかったのだ。

近くのカフェに入り、買ったばかりのフロッピーディスクドライブと自分のパソコンを接続した。そしてバッグから洋平から受け取ったフロッピーディスクを取り出す。

手の上にあるフロッピーを見ながら絵衣子は考えた。落ちていた財布を拾ったとしたら、拾った者は落とし主が誰か確かめるために中身を見るだろう。健康保険証か何かが入っていて落とし主の連絡先が分かれば、警察に届けなくても返すことができる。もしこのフロッピーの中に持ち主を特定する情報が入っていれば、当人に返せる。あの女だって返してくれたことを感謝こそすれ、中を見たことを責めたりはしないはずだ。そうすればあの女に会える、という思いもどこかにあった。このフロッピーをこのまま放置すればあの女と会うことはないだろう。

絵衣子はそう考えて、フロッピーディスクをドライブに差し込んだ。すぐに画面上にウインドウが現れる。ワードのファイルがひとつだけ入っていた。タイトルには『A』とアルファベットひと文字だけ書かれている。

絵衣子は少し緊張しながらそれをクリックした。ファイルが開くと、そこにはいくつかの言葉がバラバラに書かれていた。

移動方法
パラレル・パスポート
神社のご神体
もう一人の自分
案内役
何かを失うリスク

それだけだ。他にまとまった文章は一行もない。これを書いた人の情報もない。

「パラレル・パスポート……」

その言葉を口にした瞬間、絵衣子の身体に電流が走った。この言葉はどこかで聞いたことがある。さっき洋平がパラレル・ワールドの話をしたときか？　いや、違う。もう少し前だ。

絵衣子は思い出した。

『先生の作品は色々ありますけど、僕はやっぱり「パラレル・パスポート」で受賞してほしかったんですよ』

今朝見た夢の中で田島がそう言っていた。

夢に出てきたタイトルが、今現実に目の前に存在している。

動悸が速くなった。

絵衣子はスマホを出して『パラレル・パスポート』で検索してみた。映画、小説、漫画などのタイトルでは一件もヒットしない。少なくとも作品として世に出ている物はない。

題材をタイム・トラベルから並行世界に変更することは可能か。絵衣子が模索していたことの答えがここにあるような気がする。どんどんイメージが広がりそうだ。こんなことは今までなかった。

ところがそこで、頭の中にB子の声が響いてきた。

(それ使ったら、盗作じゃないの？)

(そうかな。言葉が並んでるだけだよ)

(これから作品にしようと思ってメモしたのかもよ。それを勝手に使うのはまずい気がするなあ)

(でも……問題になるとしても、これを基にした作品を世間に発表した場合でしょ。試しにネームを考えてみるだけなら問題ないんじゃないの？)

(それを基にネームにして、もし田島さんがＯＫ出したらどうするの？　そのまま使う気？)

(そんなこと……そうなってみないと分からない)

(そういうスタンスでいいの？　ダメなことはダメでちゃんと線を引かないと。それとも成功を一瞬でも味わえたら、そのあとは盗作でバッシングされてもいいって言うの？)

(そんな先のこと……分からない)

(どうかな？　それでもいいって、どっかで思ってんじゃないの？)

(……)

（ほら、答えない。イエスなんだ。さすが、あの人の娘だね……太田幸助の）

（うるさい！　消えろ！）

しばらくB子は黙っていた。もう消えたのかと思ったら、B子がポツリとつぶやいた。

（そっか……じゃ……これで私は用済みね）

（え、どういうこと？）

B子はそれきり何も言わなくなった。

（どうしたの？）

B子からの答えはない。自分が消えろと言ったものの、最後の言葉が気になった。

しかし今はB子のことなど考えている場合ではない。心臓がドキドキしてきた。自分が大きな選択肢を与えられていると感じた。誰かが自分を試そうとしている。誰が？　もしかして神様？

ひとつ奇妙な考えが湧いた。洋平は、カフェでトイレから戻ったら女が消えており、テーブルの上にこのフロッピーが残されていたと言った。もしかして、女はわざとこれを置いていったのでは？

なんのために？　絵衣子に渡すために？

そこまで考えて絵衣子は慌てて頭を横に振る。これを持っていた洋平とは、今日初めて偶然会ったのだからそんなことはあり得ない。

絵衣子の脳裏に、本屋のガラス越しに見たあの女のニヤリと笑った顔が浮かぶ。絵衣子は深呼吸して、自分の心の奥を覗いてみた。

6

「よし。これで行こう」

田島が言った。

「は？」

絵衣子は一瞬何が起こったか分からず、妙なリアクションをしてしまう。

「何が、は？　だよ。ＯＫだ。これで編集会議に出す」

「え」

絵衣子はあまりの急展開に頭がついていかない。

絵衣子はあのフロッピーディスクの中にあったメモを基にストーリーを考えた。そして連載漫画第一話のネームを描いて田島に送信したのだった。

その翌日、いつもの説教部屋でドキドキしながら待っていると、やって来た田島は明らかにいつもと表情が違っていた。見慣れた仏頂面《ぶっちょうづら》ではなく、どこかすっきりしたような明るい顔だ。

そして座るなり口にした言葉がそれだったのだ。

「びっくりさせたかな。けど俺だってびっくりしたんだ。同じ人間が描いたとは思えなかったよ。どうしちゃったんだ？　面白いじゃねえか！」

絵衣子はあのフロッピーの中にあったメモを見た日の夜から、ストーリーを創り始めた。不思議なくらいスラスラとメモにある言葉が繋がって、ストーリーができていった。これまでストーリー創りに四苦八苦していたのが嘘のようだった。田島に見せたのは第一話のネームだけだが、絵衣子の頭の中にはすでに続く何話かの構想もできている。

絵衣子が描いたのはこんなストーリーだ。

主人公の若者・カケルはうだつの上がらない駆け出しの漫画家。なかなか売れる漫画が描けずに、悶々とした日々を送っている。アパートの大家の娘・アヤのことが好きだがまったく相手にされていない。

ある日、いつも行く近所の神社で『もうこんな毎日はたくさんだ。いい加減なんとかしてくれ』と神様に悪態をついたところ、翌日一通の封筒がポストに届く。中には虹色に輝く一枚のカードが入っていた。そこには『パラレル・パスポート』と書かれている。同封されていた説明書には、このパスポートはこの世と並行世界の間を行き来できるものだと書いてある。

カケルは半信半疑だったが、説明書にあるとおり、パスポートを持って神社に忍び込み、ご神体の鏡にカードを近づけた。するとカードを持った手が鏡に吸い込まれ、ふと気づくと別世界に移動している。

そこで出会うのはララという少女だ。並行世界の案内役で、見た目はとびきり可愛いが『いっぺん死ねば？』が口癖のドSキャラである。

カケルはこのパスポートを使って、自分の世界と別の並行世界を自由に行ったり来たりしながら、自分の望みを叶えようとする。並行世界で新たな情報を得たり、何かを持って帰ってきたりすることで自分のアイテムを増やしていく。

しかし上手く行くことばかりではない。『並行世界から何かを持って帰ると、何かを失う』というルールがあり、しかも何を失うかは失ってみないと分からないのだ。さらには別世界に行くと元の世界に戻れなくなるかもしれない危険性が設定されており、スリルを増していた。

もうひとつこの作品の大きな特徴は、自分のいる世界と並行世界で時間がズレているということだ。そのズレは、あるときは数日、あるときは三年と幅がある。これはあのメモにはなかった要素で絵衣子のオリジナルだった。ヒントになったのは洋平がネットで見たというエピソードだ。あの話を最初に聞いたときはストーリーの中にパラレル・ワールドとタイム・トラベルを混在させるのは良くない感じがしたのだが、時間が経つほどに、ありかもしれないという思いが強くなってきたのだった。

結果的にこれが上手く行っており、ストーリーに捻りやサスペンスを加えることに成功していた。

並行世界でカケルはもう一人の自分と出会う。ある世界では成功して金持ちになっており、ある世界ではホームレスになって街を徘徊《はいかい》している。ララは彼らを見ることは許すが接触することは禁じる。しかし行く先々でカケルはその禁を破ってしまう。そのせいで大きなしっぺ返しを食らうが、同時に他の自分とのやりとりの中で人間として成長していく。

ジャンルとしてはＳＦ冒険ファンタジーだ。ここには絵衣子が一番欲しかった長編になる要素もある。並行世界がいくつもあるなら、主人公がそれをどんどん渡り歩いていく話にすればよい。これなら今後どんどん話を続けていくことができそうだ。

「面白い。連載行けそうだな」

絵衣子から今後の構想を聞いた田島は興奮気味に言った。

「俺が編集会議は通すから、お前は第一話の作画に入ってくれ」

「えっ、いいんですか？」

「これなら大丈夫だろう。やっぱりボツだ、なんてことはまずないから心配するな。じゃあ、また連絡する」

田島はそう言うと上機嫌に席を立っていった。

田島から『また連絡する』という言葉を聞いたのは初めてだ。絵衣子は一人説教部屋に残された。自分に起こったことを確認しようと思い、しばらくそのまま座っていた。

これまで欲しいと思ってもいつも手からすり抜けていった連載が手に入ろうとしている。この呆気なさはなんだろう。

「もしかして前とは違うパラレル・ワールドに来たのかな？」

ふとそんな気がして、周りを見渡したが、ここが昨日までと違う世界だということを示す物は何もなかった。

絵衣子は編集部を出て下りのエレベーターに乗った。どことなく身体がフワフワする。絵衣子はそのまま一階の〝シエスタ〟に入った。

連載が通ったんだ。だから私はこの店に入る資格があるんだと頭の中でつぶやく。

絵衣子は迷わずシェカラートを頼んだ。初めて飲んだシェカラートは甘くて美味しかった。


作画は順調に進んだ。これが雑誌に掲載されると思うと力が入る。

しかしふと不安も過《よぎ》った。田島は大丈夫だと言ったが、本当に編集会議でＯＫが出るのだろうか。田島と仲が悪い同僚が横やりを入れたりしないだろうか。あるいは、たまたま似たようなコンセプトの作品が候補として出て、それを推す編集者の立場が田島より上だとか。最近人気が出てきた作品の連載延長が決まって、絵衣子の作品は『いずれまた』ということになってしまうとか。一度良くない想像が始まると、止めどもなく溢れてくる。

そのとき絵衣子のスマホが鳴った。表示には『田島さん』と出ている。来た。絵衣子はドキリとした。

いま頭の中を駆け巡っていた良くない想像のどれかが現実になったのだろうか。それでもいい。ダメになっても失う物なんてない。無理やりそう思い、絵衣子はえいやとばかりに電話に出た。

「はい、松村です」

「もしもし、通ったぞ」

挨拶もなく、田島がいきなり言った。

「え、あ、そうなんですか」

絵衣子はまた妙なリアクションをしてしまう。

「なんだよ、嬉しくないのかよ」

田島はいつも重大なことをあっさり言う。だから感情が湧くタイミングを逸してしまうのだ。

「う、嬉しいです。ありがとうございます」

絵衣子は感情を出し損ねたままお礼の言葉を口にする。

「ま、いいや。作画のほうはどうだ？」

「やってます。いま半分くらいです」

「よし。実は思ったより連載開始が早いんだ。六月号からだ」

「え？　六月号⁉︎」

思わず田島の言葉を繰り返す。六月号からとなると、かなり急ぎだ。

「もう半分できてるなら問題ないな」

「だ、大丈夫です。今週中にはできます」

「よし、進めてくれ。また連絡する」

それだけ言うと、田島は慌《あわただ》しく電話を切った。

スマホを置いて、絵衣子はしばらくじっと座っていた。『やったー』と飛び上がればいいのだろうか。しかし不思議なほど高揚した感情は湧いてこない。そうなることが自分でも分かっていたのだろうか。それとも、やはり元はと言えば自分の案ではないからだろうか。いや、そのことは考えても仕方ないと思って頭から振り払った。

絵衣子はもうすぐ八木のところにアシスタントに行く予定だったことを思い出した。連載が本格的に決まるまではと連絡を控えていたのだ。

すぐに八木に電話して、連載が通ったのでアシスタントができなくなったことを話す。『そうか。おめでとう！』と八木は電話越しに言ってくれた。

「すみません。アシできなくなって」

『かまわないよ。他にあてはあるから。頑張れよ！』

絵衣子は八木に礼を言って電話を切る。そしてパソコンに向かって作画に集中した。


それから怒濤《どとう》のような日々が続いた。

第一話の作画ができて入稿が済むと、すぐに田島に第二話に入るように言われたからだ。

絵衣子は戸惑った。第一話の評判が聞こえてきて、それを踏まえて第二話に入るのではないかとぼんやりと思っていたのだ。しかし雑誌の発行のスケジュールを考えれば、そんな時間の余裕があるはずはない。だから第一話ができたと喜んでいる余裕はなかった。ひたすら漫画を描く日々が続いた。

忘れた頃に、大きめの分厚い封筒が家に届いた。中には「月刊コミックドリーム」の最新号が入っている。表紙には『新星・松村絵衣子「パラレル・パスポート」連載スタート！』と出ている。

絵衣子は恐る恐る中を見てみる。つい先日絵衣子が描いた漫画が印刷されていた。ページの欄外には次号のお知らせなどが書かれている。それが自分の描いた作品が商業誌に掲載されている証のような気がして妙に嬉しかった。

その翌日が発売日だった。絵衣子は第二話の作業を中断して近くの本屋に行った。漫画雑誌のコーナーに「月刊コミックドリーム」の最新号はちゃんと並んでいた。当たり前だが、確認したかったのだ。絵衣子は一冊手に取り、自分の作品を改めて見直す。何度でも見たかった。

その帰り道、絵衣子はふと思った。今あの六月号は全国の本屋で売られている。多くの読者の目に触れるのだ。数時間もすれば、ネットに読んだ人の感想が出始めるだろう。いったいどれくらいの人が面白いと思ってくれるのだろうか。絵衣子には見当もつかないことだった。絵衣子はそれから数日はネットを見ることができなかった。

絵衣子がネットを見られない理由はもうひとつあった。『あれは私のアイデアだ』とあの女が言い出さないか不安だったのだ。こればかりは予測がつかない。

喜びと希望と不安と恐怖と。絵衣子の心の中に色々な感情が渦巻く。まるで嵐の海に翻弄《ほんろう》される小舟のようだった。

「私も毎回すごーく刺激受けてます。面白いし、負けてられないなっていう感じになるんですよね」

水田あずみが言った。

「ありがとう。あずみさんにそんなこと言ってもらえるなんて」

「本当はちょっと嫉妬《しっと》してるの。私だって連載一作目からヒットしたわけじゃないから」

「ヒットかどうかは、まだ」

「やだー、ご謙遜。初回いきなり七位、第二話が五位、三話が四位ってどんどん上がってきてるじゃん。ブレイク確実だよ」

あずみがそう言うのを聞いて、絵衣子の中にじんわりと甘やかな快感が広がった。

窓の外には都心の風景が広がっている。こんな部屋に入ったのは初めてだ。ここは高級ホテルの一室だった。

絵衣子は水田あずみと対談している。文明堂出版の「ジル」という女性向け雑誌に掲載される予定だ。女性の色々な職業にスポットライトを当てる特集の中で、漫画家とはどんな仕事かを紹介するための対談だ。カラーで四ページ。同じ会社が発行する漫画の宣伝という意味合いもあるのだろう。「月刊コミックドリーム」の読者は男性がメインなので、絵衣子たちの活躍を知らせることで女性の読者を増やしたいのかもしれない。

部屋の中にはそれぞれの編集担当である田島と横田、そして「ジル」の編集者とライター、カメラマンがいた。編集者とライターは女性だ。カメラマンが、話している絵衣子とあずみの写真をパシャパシャと撮る。たくさん撮って、あとで良いのを選ぶのだろう。絵衣子は自分の顔が強張っていないか心配だった。あずみはこういうことに慣れているのか、いたって普通に見える。

絵衣子があの選択をした日から三ヶ月が経っていた。

「月刊コミックドリーム」で「パラレル・パスポート」の連載は順調に進み、第三話が掲載された八月号が昨日発売されたばかりである。

「アンケート結果、そんなに良いんですか？」

ライターが田島に訊く。

「ええ、水田さんの言うとおり、『パラレル・パスポート』は第一話が七位で、二話は五位、三話が暫定ながら四位と右肩上がりです。連載漫画が二十本ある中ですから、かなり良い数字です」

「ヒットの原因はなんでしょう」

「ストーリー展開の面白さはもちろんですが、ファンタジーでありながら多くの人が抱く『今の自分を変えたい』というリアルな願望に寄り添ってることが大きいんじゃないですかね」

「カケルが欠点だらけの人間なのも良いですね」

横田が口を挟んだ。

「すぐ弱音を吐いたり、狡《ずる》いことをして事態を切り抜けようとしたりするでしょ。主人公に欠点や弱点を作ったほうが面白くなるというのはストーリー創りの基本ですから」

「こんなに評判が良いのに絵衣子ちゃんたら、ちっとも嬉しそうな顔しないんですよ～」

あずみがちょっと口を尖《とが》らせて言った。

「もちろん嬉しいんですけど、どうやって喜んだらいいのか……」

「分かるよ。その気持ち」

田島が言いながら大きく頷《うなず》く。絵衣子は田島の顔を見て驚いた。涙ぐんでいたのだ。

「これまで苦労したもんな……」

田島はそう言いながら洟《はな》を啜《すす》った。そういうキャラだったのか。

「俺にさんざんダメ出しされて……それでも挫《くじ》けなかったもんなぁ」

「編集者冥利《みょうり》ってやつですね」

絵衣子同様、田島の様子に驚いた横田がつぶやく。

「そうそう」

絵衣子とあずみの対談という割には、田島と横田が好き勝手に割り込んでくる。ライターがあとで絵衣子とあずみの対談という体裁を整えて文章にしてくれるのだろう。

「この作品の第一話のネームを見せたとき、田島さんが言ってくれたんです。『いったいお前、どうしちゃったんだよ、面白いじゃねえかよ!』って」

「俺、そんなこと言ったっけ?」

田島のお道化《どけ》た反応に一同が笑う。

「ま、これはオフレコですけどね」

田島がやや遠慮がちに続けた。

「あの頃は正直、この子はもうダメかもって思ってたんです」

「えっ、そうなんですか？」

雑誌の編集者とライターが驚きの声を上げる。

「私もそう思われてる気がしてました」

絵衣子も笑いながら言った。言いながら、相当な崖っぷちに追い詰められていたことを改めて痛感する。

「ところが急にひと皮もふた皮も剝《む》けた物を持ってきたんです。ワクワク感はあるし、話に広がりがある。カケルのキャラも良いし。読んですぐ、これは長編向きだと思いましたよ。実際、編集長も一発ＯＫを出しました」

「すごい評価ですね。自分では、これは行けるっていう自信はあったんですか？」

ライターが絵衣子に訊いた。

「少しは……ていうか、面白い物にはなりそうな感じはしてました。主人公のカケルが勝手に自分から動いてくれるっていうか」

「それを自信ていうんでしょ」

あずみが言って、一同がまた笑いに包まれる。

「並行世界を行き来する話って、漫画ではこれまであんまりなかったでしょ？　何かあったっけ？　参考にした作品ってあるの？」

あずみがさらに突っ込んで訊いてくる。絵衣子には答えようのない質問だった。

「別に何も……ただ、それまで考えていたタイム・トラベルの話がどうも上手く行かなくて、他に何かないかなって考えるうちに思いついたんです」

「へえ、その発想の転換のきっかけは？」

あずみは絵衣子が訊かれたくない質問を続けた。

「夢……夢で見たの。もうひとつの世界で生きてる自分を」

とっさに言ったことだったが、言ってからハッとした。あの朝見た夢。あそこでは絵衣子は成功して人気漫画家になっていた。あながち嘘ではないだろう。

「不思議ね。まあ創作っていうのはそういうものかもね」

あずみは真顔で頷いている。

「しかしこの吉岡《よしおか》っていう編集者、嫌な野郎だね」

田島が笑いながら言う。

絵衣子はドキリとした。主人公のカケルが売れない漫画家で、吉岡という俺様系の編集者にパワハラを受けているという設定は明らかに田島をモデルにしていた。ちなみに、カケルより先に売れっ子になった黒崎《くろさき》という鼻持ちならないライバルはあずみだ。

「お前がモデルかもよ」

「マジかよ」

横田が茶化すと、田島は大袈裟に驚いたような顔をして笑う。しかし本人はまったく気にしていない様子だった。

そこをあまり突っ込まれたくないので絵衣子は話題を変えた。

「最近、田島さんと打ち合わせしてて自分の変化を感じるんです」

「へえ、どんな？」

「前は田島さんからダメ出しされると、自分の描く物はまだまだダメなんだなって思って、反論もしないで全部受け入れてたんです。でも最近はちゃんと議論ができるって言うか……最初はあのときです。第一話の作画が完成して初めて打ち合わせをしてるとき、田島さんに『このセリフ、ちょっと分かりにくくない？』て言われたじゃないですか」

「ああ、言ったね」

田島が頷いた。

「でもそのとき私、ここは謎として引っ張りたいんで、分かりやすくしないで、なんだろうと思わせる感じで行きたいんですって答えたんですよね。ちゃんと自分の意見を言えて、私的にはすごい進歩だったんです」

「それじゃ、それまでは俺が一方的に意見を押し付けてきたみたいじゃん」

「いえいえ、そうじゃなくて」

「分かるー」

あずみがフォローに入ってくれる。

「最初のうちは編集者に言い返すって難しいもんね」

「あのとき、私、なんだかこれって作家と編集者の打ち合わせみたいだとか思って」

また一同が笑った。

「じゃ、その前はなんだったんだよ」

「〝ダメ出し大会〟です。それがあのときから〝打ち合わせ〟になったんですよね」

「うん、私も同じだった。みんなそういうのを通っていくのよね」

やはりあずみも同じことを経験していたのだ。

「連載を乗り切るコツとかあったら教えてね、先輩」

絵衣子はあずみを見て言った。あなたと同等になったんだという意味も込めたつもりだった。

「了解。ところでもうひとつ訊きたいんだけど、カケルのキャラって、絵衣子ちゃんの分身みたいなもの？」

これはけっこう微妙な質問だ。カケルは売れない漫画家で、いい加減でだらしない性格である。

「そうね。かなり私の分身かも。ダメなところも含めて」

絵衣子は開き直ったように答えた。

「そこがこの作品の強みね。同時に弱みでもある」

あずみが真顔で言った。

「どういうこと？」

「主人公が自分の分身みたいな存在だったら、その人の心情を描くことはやりやすいと思うの。でも主人公をひどい目に遭わせたり、苦しませたりするのが辛くなるんじゃないの？」

「それはたぶん大丈夫だと思う。私、こう見えてSだから」

今日何度目かの笑いが上がる。

「そうだったのかよ」

田島も笑った。

「あと、連載を何本か描いた先輩として言わせてもらうと、これからが難しいところね。ここまでのところはキャラとか世界観を読者に知ってもらう段階だけど、この先はストーリー展開がどれだけ面白いかの勝負になってくるでしょ。あとはどんな新キャラを投入するか。これも大事よ」

絵衣子もそれは分かっていた。

「頑張ります。今はそれしか言えないんだけど」

「絵衣子ちゃんならきっとできるよ」

「ありがとう」

「ではこのへんで。良いお話を聞けてよかったです」

「ジル」の編集者が終わりを告げた。


一人で廊下に出た絵衣子を田島が追ってきた。エレベーターの前まで見送ってくれるつもりだろう。以前なら勝手に帰れという感じで放置されていたのに、やはり前とはまったく違う。

「今日はお疲れ様。悪かったな、仕事で忙しいときに」

「いえ、こういうのも勉強になりますから」

二人はエレベーターの前に着いた。エレベーターが来るのを待ちながら、田島は何か言いたげな様子を見せる。

「あのさ……」

「はい」

「俺のダメ出しって、そんなにきつかったか？」

「いえ、全然。感謝してます」

「けっこうひどいことも言ったと思うけど……あれってやっぱりパワハラだったかな」

「田島さんが厳しく指導してくださったおかげで、ここまで来れたんです」

パワハラか否かについてはあえて答えない。『違う』という言質《げんち》を与えるつもりはなかった。

「そうか。そう言ってくれると……」

田島はまた涙ぐんでいる。悪い人ではないのだろう。一瞬、これまでのことは許してやろうかと思ったが、それは早いと思い直した。絵衣子の作品の評判が良いので擦り寄っているだけで、心から反省などしていないのかもしれない。

「お母さんはなんて言ってる？」

そこで、田島は急に話題を変えてきた。

「え？」

「『パラレル・パスポート』のことだよ」

どうして田島がそんなことを訊くのだろうと絵衣子は不思議に思った。田島に母のことなど一度も話したことはなかったのに。

「あ……まあ、喜んでくれてます」

「そうか。お母さんによろしくな」

「はい、ありがとうございます」

エレベーターが来た。絵衣子は一人で乗り込み、田島に頭を下げる。

ドアが閉まってちょっとホッとした。母のことをそれ以上訊かれたくない。母が連載のことを喜んでくれているというのは嘘だった。絵衣子の連載が始まったことを母の美子はまだ知らない。

7

絵衣子はホテルを出ると駅に向かって歩き出した。ポプラ並木が風にそよいで木漏れ日を作っている。風と光が心地良く絵衣子を包んだ。

自分は夢を実現しつつあるんだと絵衣子は改めて噛《か》み締める。連載を勝ち取り、好評を獲得した。あずみと肩を並べつつあるのだ。今後コミックスが出れば連載の人気具合からしてそれなりに売れるだろう。ワンルームから広いマンションに引っ越すのもそう遠くないかもしれない。いつか見た夢が現実になろうとしている。そうか、あの夢はきっと正夢だったんだ。歩く絵衣子の目に映る景色は前と同じはずだ。なのに今は、ビルも車も道行く人々も絵衣子を祝福し受け入れてくれているように感じる。

絵衣子は前と違う世界にいる。並行世界の考え方で言えば、田島がネームにOKを出した瞬間に世界が枝分かれしたのかもしれない。

いや、枝分かれしたのは絵衣子自身があのファイルにあった言葉を使って作品を創る決心をしたときだったのだろうか。

「そうだ。私は他人のアイデアを盗作したんだ」

そう思ったとたん、良い気分が吹っ飛んだ。

絵衣子は立ち止まり、ポケットからスマホを出す。検索欄に『パラレル・パスポート』と『盗作』と入力してクリックした。ちょっとドキドキしたが、何もヒットしなかった。

第一話が掲載された「月刊コミックドリーム」六月号が発売されてから、絵衣子は毎日のようにこうして検索をしている。時間を置いて何度も。いつしか絵衣子のスマホには『パ』と入れるとすぐ『パラレル・パスポート』『盗作』と出るようになっていた。サジェスト機能というやつだ。いつも結果が表示されるときにはドキドキしてしまう。

でも、何度やってもヒットする書き込みはない。そのたびに絵衣子は安堵した。

なのに何時間か経つとさっきと同じ不安がぶり返してくる。絵衣子は日に何度も同じワードで検索を繰り返した。

一方、不安な中にもひとつ安心材料があった。盗作は被害者が訴えないと法律的に立件されない。それに「パラレル・パスポート」の基の案はストーリーを創る前のアイデアに過ぎない。アイデアを参考にしたからといって盗作になるのかどうかは微妙な問題だろう。

あの女が普通に暮らしていれば、「パラレル・パスポート」という自分が考えたのと同じタイトルの漫画が評判になっていることは自然と耳に入るだろう。そして雑誌を手に取って見るはずだ。なのにこれまでなんのアクションも起こさないということは、それを知った上で黙認しているということではないだろうか。

もうひとつ大事なことがある。この先連載が続いていけば、ストーリー展開は絵衣子が自分で考えなくてはならない。ストーリーが先に進むほど、それは絵衣子のオリジナルだ。あの女が『あれは自分のアイデアだ』と名乗り出たとしても、初期設定が似たのは偶然に過ぎないと言い訳することもできるだろう。そのためにも絵衣子はなんとしても続きのストーリーを考え出す必要があるのだ。

絵衣子は気分を変えようと、『パラレル・パスポート』『面白い』というキーワードで検索してみた。

『面白い。松村絵衣子って作家、初めて知ったけど要注目』
『パラレル・ワールドっていう題材に正面から挑んでるのが良いよね。今後の展開が楽しみ』
『松村さんのちょっとレトロな感じの絵が好き。ストーリーとも合ってる』

この作品を評価しているコメントをたくさん見ることができた。自分の作品を楽しんでくれている人がいる。初めて絵衣子はその実感を持つことができた。

ちょっと良い気持ちになって画面をスクロールしていると、「つまらない」という言葉がチラリと目に入った。絵衣子はさっとスクロールしてその文字を視界から消す。

面白いと言う人がいればつまらないと言う人も一定数いるのは当然だ。その中には耳を傾けるべき意見もあるかもしれない。しかし絵衣子は見たくなかった。

しばらく『つまらない』という文字の残像が絵衣子の頭から消えなかった。『つまらない、つまらない、つまらない』

もともと自分の案ではないのに、面白いと言われると嬉しいし、つまらないと言われると嫌な気持ちになるのは奇妙なことだ。アイデアは他人のものだとしてもストーリーを創って絵にしたのは絵衣子なのだから、それは当然かもしれない。そういう意味で「パラレル・パスポート」は絵衣子とあの女との共作ということになるのだろうか。

そのときスマホに電話が入った。画面を見ると、さっき別れたばかりの田島からだ。電話に出るなり田島が言った。

「ごめん。さっき言うの忘れてた。第四話を描きながら、その後のストーリー展開も文章にしといてほしいんだよね」

絵衣子は『来た』と思った。遅かれ早かれそれを言われるのは分かっていたのだ。

「ずっと先の展開はまだ分からないんですけど……」

「今思いつく範囲でいいよ。会議用だから。Ａ４で二、三枚くらいで」

「分かりました」

絵衣子はもちろんそう答えた。

「それから……いっぺん訊こうと思って訊きそびれてたんだけど」

「はい？」

「お前の、その……お父さんは、あれっきりなのか？」

「え？　知ってたんですか、父のこと」

「うん……まあな」

田島がさっき母のことを話題に出したのは、要するに父のことを訊きたかったのだろう。自分の父が誰なのか編集部の者には話していない。別にあえて話すことでもないと思ったのだ。

「横田が水田さんから聞いたらしくて」

そう言えば水田あずみには父のことを話したことがある。前に酒を飲んだときについ口を滑らせてしまったのだ。あずみはそのとき『そうなんだ』と言っただけで、特に興味はなさそうだったが。

「俺なんか、どんぴしゃの世代だから。お父さんの漫画はよく読んでたよ」

「そうなんですか。ありがとうございます」

礼を言うのも変かと思いながら、一応口にする。

「残念だったな」

「ええ……すみません、これまで黙ってて。でも私自身、父とは一度も会ったことがないので言うのも変かと思ったんです」

「まあそうだな……今後はお父さんのぶんも頑張れ」

「ありがとうございます」

「じゃ、ストーリーのほう、よろしくな」

田島は言って電話を切った。

絵衣子は父のことはできるだけ話さないようにしていた。しかし案外大した問題ではないのかもしれない。他人から見れば絵衣子と父はあくまで別の人間だ。しかも父の事件は大昔のことだ。

それよりはストーリーを考えなければ。必ず面白いストーリーを考えなくてはならない。しかし絵衣子は不安だった。自分にそれができるかどうかいまひとつ自信がない。

絵衣子は絵は得意だ。なのになぜストーリーを創るのが苦手なんだろう。絵衣子は漫画に関して誰かに師事したことはない。父の書斎にあった漫画を参考にして、模写しただけだ。

絵は模写することで上手くなる。ひたすら手を動かすことで頭の中に絵を描くシステムをコピーするのだ。『一万枚描けば、絵は自然と上手くなる』と誰かが言っていた。絵衣子は模写する中で、何か先人の絵の本質を摑んでいたのかもしれない。

しかしストーリーは絵の練習のようにはいかない。面白い作品をたくさん読んでもストーリーを創る能力は頭の中にコピーされない。それが実際に手を動かすことで習得できる作画と、頭の中だけで行われるストーリー創りの違うところだ。

かといってくじ引きのように誰かのところに無作為に面白いストーリーが降りてくるわけではないだろう。それができる能力を持っている人が面白いストーリーを思いつくだけのことだ。

ではそれができる人は、どうやってその能力を獲得するのだろう。

いや、ファイルの中にある言葉を基にしたとは言え、「パラレル・パスポート」のストーリーのディテールを創ったのは絵衣子だ。絵衣子の中に面白いストーリーを創れる〝何か〟が存在しているはずだ。今はそれを信じるしかなかった。

8

『調子、どう？　ストーリー、進んでる？』

また田島からＬＩＮＥのメッセージが入っていた。

それを目にして、絵衣子はさらに焦った。予想はしていたが、事態は明らかに良くない方向へ行っていた。

あれから数日、ストーリーの続きをあれこれと考えていたが、これだという展開が一向に思いつかない。思いついたと感じても、よくよく考えれば、どれもどこかで見たことの焼き直しだと分かる。最初のほうの勢いのある展開に比べると、明らかに見劣りしてしまうのだった。

連載がスタートした当初は、この世界と並行世界を行き来できるという驚きで読者の興味を引くことができる。しかし回が進んで、それが主人公にとっても読者にとっても当たり前になると、そこからどう展開させるかが勝負になってくる。しかしそれを乗り越えられないでいた。

一方、第四話の作画は予定どおり進んだ。すでにネームにOKが出ているので、それに沿って絵を描くだけの作業だ。もちろん苦心するところもある。人物のアップと引きの使い分け。どこでどんな効果線を使うか。コマの大小をどうつけるか。どこでページを跨《また》ぐか。しかしこれらの苦心は絵衣子には楽しいものだった。その作業に没頭しているほうがずっと気が楽だ。

そのせいでつい作画のほうに熱中してしまい、ストーリー創りのほうが疎かになってしまう。まるでストーリー創りから逃げるために絵を描いているような感じだった。

(結局、ストーリーを創る力が足りないのよ。田島さんにもいつも言われてた。絵は良いんだけどストーリーがダメだなって。結局、ここまでは他人のアイデアを勝手に借用してうまく行っていただけ。自分の力では何も成し遂げていない)

いつもならB子が言いそうなツッコミが頭に湧いてくる。そう言えば、B子はあれ以来現れない。

ストーリー創りに取り組もうとしても一向にはかどらず、焦りは募るばかりだった。歩くことで脳が活性化されると何かの本で読んだのを思い出し、散歩してみたこともある。近所をグルグル歩き回ってみたものの、案は一向に浮かばず、脚が筋肉痛になっただけだった。

案が浮かばないまま、連載に穴を空けることになったらどうなるだろう。大ベテランならともかく、新人は二度と仕事をさせてもらえないだろう。絵衣子のことをチヤホヤし始めた田島はきっと、手の平を返すように絵衣子を罵倒《ばとう》するに違いない。

このところ絵衣子は同じ夢ばかりを見ている。電車でどこかに向かっているのだが、乗る電車を間違え、慌てて降りて反対のホームに来た電車に乗り直す。しかしそれは急行で目的の駅を通過してしまう。どんどん約束の時間が迫ってきて焦りまくるところで目が覚めるのだ。

そんなとき、絵衣子はふと洋平のことを思い出した。

洋平とはあれ以来会っていない。洋平からは何度もＬＩＮＥのメッセージが届いていたけど、仕事が忙しくてとても会う暇がなかったのだ。

『連載決定おめでとう！』

『第一話読んだ。面白い！　これ絶対ウケるよ！』

『アンケートの順位上がったんだって？　俺が予言したとおりだろ』

どれも好意的なものだった。絵衣子は『ありがとう』というひと言か、当たり障《さわ》りのないスタンプを返す程度だった。

連載がスタートしてから、絵衣子のＥメールやＬＩＮＥは突然賑やかになっていた。卒業以来会っていない高校の同級生などが『読んだよ！』『面白い！』『今度会おうよ』などと急に馴れ馴れしいメッセージを寄越すようになっていたのだ。

絵衣子はそれらを見て心の中で悪態をついた。

高校の頃に絵衣子に本当の友人などいなかった。絵衣子のことを『漫画オタク』とバカにしていた連中ばかりだ。そんな連中の現金な態度が不快に思える。

しかしここで相手を怒らせるような返事をすると、それをネットに晒《さら》され炎上する危険があったので無視するのが一番だった。洋平の存在もそういう連中の中に埋没《まいぼつ》していた。

絵衣子はスマホのLINEアプリを立ち上げ、洋平とのこれまでのやりとりを見てみる。

『身体に気をつけて』『ちゃんと寝てる？』

作品の感想以外のコメントにも絵衣子への気遣いが感じられる。その気持ちに嘘はないように思えた。

とりあえず自分に対して無邪気に好意を示してくれる人と会いたい。逃げかもしれないけど、それでも良かった。

そう思い、絵衣子は洋平にLINEを送った。

『ちょっと煮詰まっちゃった』

するとすぐに返事が来た。

『気晴らしの相手ならいつでもするよ』

絵衣子はその日の午後、前と同じカフェで洋平と会うことにした。

洋平は前とほとんど同じ服装をしている。売れないwebライターというのは確からしい。

「面白いよ！　特に三話のカケルとララの会話が良かったな」

「ありがとう」

「ララって究極のツンデレだよね」

「そのほうが面白いかなと思って」

「うん、絶対そのほうが良い」

絵衣子が考えたことがウケることもあるのだ。そのことが嬉しい。

「俺、ララ推しかな」

自分の作品のキャラクターが誰かの〝推し〟になるという初めての感覚が新鮮だ。

「なんかすげえ。自分が読んでる漫画の作者と直《じか》で話してるなんて」

洋平はさらに漫画の感想をあれこれと語ってくる。考えてみれば、田島以外から自分の作品の感想を聞くことはあまりなかった。これほど純粋に賞賛してくれる人がいるというのがちょっと不思議だ。と同時に、なんとも言えない心地良さがある。

しかしその心地良さを、洋平の突然の言葉が掻き消した。

「あ、そうそう。さっき、あの女を見たよ」

「ええっ！」

あまりの驚きに声を上げてしまった。

「あの女って。あの女？」

「そう、君にそっくりの」

「どこで⁉」

「原宿で」

「早く言ってよ……」

そんな大事なことを会ってすぐに言わない洋平にちょっと腹が立つ。

「ごめんごめん。そうだ、動画撮ったんだ」

驚く絵衣子を尻目に、洋平はスマホを取り出して操作を始める。

「カフェの取材だったんだ。終わって店から出たら見かけたんだけど、道の反対側だし、赤信号だから追いかけるわけにもいかなくて。動画撮って君に見せようと思ったんだ。えーと、映ってるかな」

操作しながら洋平が言う。絵衣子の動悸が速くなった。動揺している絵衣子に比べて洋平はいたって呑気な様子である。

洋平は自分も覗き込みながら、画面を絵衣子のほうに向ける。スマホの画面で動画が再生を始めた。

「お、映ってる映ってる」

洋平の息がかかるほどに顔が接近したが、今はそんなことを気にしている場合ではない。

動画には道路を行き交う車が映っていた。絵衣子もよく知っている原宿の交差点だ。道路の反対側からラフォーレにスマホを向けて撮っている。ラフォーレの前をたくさんの人が行き来する。歩く人物は豆粒のように小さい。

「あ、ほら、ここ」

洋平は指で画像を拡大した。

「え、見えない」

洋平は動画を少し戻した。そしてある瞬間で静止させて、指で画面をなぞってさらに拡大して絵衣子に見せてくれる。

そこにあの女がいた。はっきりは見えないが、確かにあの女に間違いない。

画面が再び動き出す。女はラフォーレに入っていった。入る瞬間、女がチラリとスマホのほうへ振り返る。そして笑みを見せた。しかしそれは一瞬のことで、女はすぐに中に入って姿を消した。

「笑った。こっち見て笑った」

「え、ホント？」

洋平はスマホを自分に向け、改めてじっくりと画面を確認している。女が建物に入るあたりでストップさせて、画像を拡大しているようだ。

「確かにこっち見てるけど……たまたま振り向いただけなんじゃないの？　笑ってるかどうかなんて分かんないよ」

そう言いながら洋平は画面を絵衣子に向けた。確かに拡大した画像はひどく粗いので、表情までは分からない。しかしさっきは確かに笑っているように見えたのだ。

「ラフォーレの中まで追いかけなかったの？」

「なんでそこまで……」

「誰かに会いにいく感じだった？　それとも仕事の途中か」

「そんなの分かんないよ」

洋平にとっては興味本位のことだろうが、絵衣子は洋平の呑気さに苛立ってしまう。

「そんなに気になるの？」

「なるでしょ、そりゃ。自分にそっくりな女がどういう人なのか」

でも、それだけじゃない。それより大きな理由があった。絵衣子はこの女のものかもしれないアイデアを使って漫画の連載を始めてしまったのだ。あれが本当に彼女のものなのか確かめなければ。

絵衣子はおもむろに立ち上がる。

「どこ行くの？」

洋平は相変わらず呑気な声を上げていた。

絵衣子はラフォーレの中を捜し回っていた。さっき洋平が女を見てから一時間近く経っている。見つかる可能性は低い。しかし絵衣子は居ても立ってもいられないような気持ちになり、訝《いぶか》しがる洋平を引っ張ってここまで来たのだ。

上の階から順番に店を覗いていく。それで見つからないと、今度はトイレを全部覗いて回る。洋平もずっと手分けして捜してくれていた。

絵衣子がもう一度上の階に戻って捜そうとすると、洋平が合流してきた。建物の周辺を捜してくれていたらしい。

「もういないよ。諦めよう」

洋平の言葉に、絵衣子はやっと諦めをつけた。

二人でビルの中にあるカフェに腰を落ち着ける。少し休憩したかった。

「どうしてそんなに……」

洋平が不思議そうにつぶやく。

「自分に似てるってだけで、こんなに捜すのって……」

いっそ話してしまおうか。絵衣子は逡巡《しゅんじゅん》した。ここまで関わってくれている洋平に黙ったままでいるのは申し訳ない気もする。

「俺でよければ、話聞くよ」

洋平の言い方には心が籠っているように聞こえる。

一人で思い悩んでいても何も解決しない。洋平が解決法を持っているとは思えなかったが、少なくとも話すことで気持ちが楽になるかもしれない。

絵衣子は堰《せき》を切ったように話し始めた。

あのフロッピーディスクの中身はストーリーのアイデアメモだったこと。それを使って漫画を描いたこと。その漫画が人気になったこと。なのに続きのストーリーを思いつかず苦しんでいることも、洗いざらいぶちまけた。

絵衣子が話す間、洋平はポカンとして聞いていた。思いもよらないことだったらしい。

絵衣子は話し終わって息をつく。洋平は盗用したことを批判するだろうか。

「そうだったんだ……びっくりだなあ」

ちょっと間の抜けた調子で洋平が言った。その呑気な言い方に絵衣子はちょっと気持ちが和《なご》む。

「でもなんで？　そんなことしてまずいと思わなかったの？」

「追い詰められてたの。なんとかしなきゃって」

「でも人の物を盗んだって……」

「分かってる。でもどうしようもなかったの」

洋平はそれ以上盗用したことを責めるようなことは言わなかった。

「で、これからどうするの？　あの女を見つけたとして、『パラレル・パスポート』のアイデアを勝手に使ったことを詫びて、続きのストーリーのアドバイスを貰うとか？」

「実は、そう……」

「えっ？」

絵衣子は恥も外聞もなく言った。

「なんなら原稿料や印税の半分を渡したっていい。陰の原作者のようになってくれたらもっとありがたい」

「そうなんだ……」

洋平は、絵衣子があまりにあからさまな言い方をしたことに面食らったようだ。

「でも、あの人が見つかりもしないのにこんなこと言っても意味ないよね」

「でもさ、ストーリーを考えるって、そんなに難しいものなの？」

洋平がこともなげに言ったので、絵衣子はちょっと腹が立ってくる。

「私、絵を描くのは割と得意だし、好きなのよ。でもストーリーは難しくて」

「そうなんだ。でもあれだけ絵が上手なんだし、ストーリーだって頑張ればできるんじゃないの？」

「そう言ってくれるのは嬉しいけど、全然根拠がないっていうか」

弱気な絵衣子を前に洋平が黙り込む。一拍置いたあと、彼が話題を変えてきた。

「ところで、前から思ってたんだけどさ、君の絵って太田幸助にちょっと似てない？」

絵衣子はギクリとした。この男は、不意をついて思いがけない言葉を口にする。

なぜここで、その名前を？

絵衣子は言葉に詰まった。何か言わなければ。とっさに当たり障りのない言葉を頭の中で検索する。

「そうかな。でも太田幸助なんてマイナーな漫画家、よく知ってるね」

「全然マイナーじゃないだろ。手塚治虫とかちばてつやって大御所すぎるっていうか、古典ていう感じじゃん？　太田幸助はもうちょっと親しみやすい感じするんだよね」

絵衣子の中にフワリと甘い感じが広がる。もう言ってしまおうか、と思った。

「絵が似てるの、当然なんだよね」

「え、どういうこと？」

「……娘、だから」

「え？　君って太田幸助の娘なの!?」

洋平は一瞬言葉を失ったあとに声を上げた。

「うん」

「マジかよ！」

洋平はとんでもない掘り出し物を見つけたような嬉しげな様子だ。

「すげえすげえ！　好きな漫画家の娘とこうやって会ってるなんて！　だったら早く言って！」

その声の大きさに驚いて、周囲の人たちが二人を見ている。絵衣子はヒヤリとした。

「ありがとう。でも、ちょっと声が大きい」

「あ、ごめん」

「私、父親とちゃんと会ったことないの」

絵衣子の言葉に、洋平は少し表情を曇らせる。

「もしかして、これってまずい話題だった？」

「ううん、そんなことないけど。いきなりその話題になってびっくりしただけ」

「お父さんと会ったことがないっていうことは、ちょうどその頃に、あれが……」

洋平もあのことは知っているようだ。

「うん。私が生まれる前、父は失踪したの」

「それきり行方知れずのままだっけ」

「うん」

9

幸助が漫画家として一世を風靡《ふうび》していたのは、絵衣子が生まれる前のことだった。『トップドラゴン』や『栄光の旗』などのヒット漫画を連発していた。『天使たちと悪魔たち』はアニメ化もされ、人気を呼んだ。

しかし彼の絶頂期はそう長くはなかった。大きなトラブルが幸助を襲ったのだ。盗作スキャンダルである。『疑惑のパレード』という作品が、アメリカの作家アダム・コリンズの『ダウト』という推理小説の設定とそっくりだったのだ。

『ダウト』はさほど有名な作品ではない。しかしとある推理小説マニアが、たまたま幸助の作品を目にしてしまった。さらに不運なことに、このマニア氏は推理小説雑誌の読者欄にそのことを投稿した。そのせいでこの問題は世間の人が知るところとなった。まだインターネットが今ほど普及していなかった時代だが、いわゆるパソコン通信の掲示板で話題が広がっていった。

やがて当のコリンズにまでわざわざ英語で手紙を書く者が現れた。『日本の太田幸助という漫画家があなたの小説を盗作していています。こんなことを許していていいのでしょうか』と。

コリンズは『大変遺憾なことで法的措置を検討したい』と表明。ここに至って週刊誌がこぞってこの問題を記事にし始め、やがてテレビのワイドショーも追従《ついじゅう》した。幸助は日本中から激しいバッシングにあった。『疑惑のパレード』は太田幸助初の本格ミステリー作品として評判になり、映画化の企画も進んでいただけに、ファンの落胆は大きかったのだ。

この出来事があったのは、ちょうど絵衣子が母・美子のお腹の中にいた頃だった。絵衣子はこれらのことは成長してからネットに出ている記事を見て知った。

そして騒動の最中、幸助は家族を残して突然失踪した。

近所の防犯カメラには、散歩にでも行くような軽装で、荷物も持たずに歩いていく幸助の姿が映っていた。それを最後に彼が家に帰ることはなく、連絡もなかった。

美子はすぐに警察へ捜索願いを出した。しかし幸助の行方は一向に分からず、まるで神隠しにでもあったようだった。印税が振り込まれる銀行の通帳と印鑑は家に置いたままである。キャッシュカードで現金を引き出した形跡もなく、所持金は多くはないはずだった。

山中か海で自殺をして遺体が発見されないままになっているのではないかという憶測が広がり、やがて警察の捜索は打ち切られた。現在に至るまで遺体が見つかったという連絡はなく、生死も不明なままだ。失踪してから二十五年が経ち、どこかでひっそりと暮らしている可能性もゼロではないが、なんの手がかりもない。

母の美子は夫のスキャンダルと失踪という大変な事態が起こっている最中に絵衣子を出産し

たのだった。

絵衣子は自分が父について知っているひととおりのことを洋平に話した。

洋平は身じろぎもせずにじっと聞いていた。いつもは軽いノリの洋平もどんな言葉を返していいか迷っている様子だった。

「それからは大変だったんだろうね、お母さん」

「うん。近所の人の目とか、親戚に色々言われたりとか……。でも母は、父が買った家から引っ越そうとはしなかった」

「そう……」

「父が失踪しても父の漫画はそれなりに売れ続けたし、印税が入ってくる通帳は母の手元にあったから、生活に困らなかったみたい。でもしばらくしたら収入も途絶えて、母は私を保育園に預けて働きに出た。家を売ることもできたんだけど、母はそれをしなかった。いつか父が帰ってくるかもしれないって思って、帰る場所を手放したくなかったんじゃないかな」

「そうだったんだ……。それにしても、君の出産を控えた大事なときになんでお父さんは?」

「要するに父は私たちを捨てたのよ。辛いことから逃げるために私も母も放り出したの」

「そうなるのかな……」

「そうだよ。そうに決まってる。でも、不思議と私は父を憎む気持ちってないんだよね」

「そういうもの？」

「だって、そのときのことは全然記憶にないから。母のおかげで生活の苦労もそんなになかったし」

「そうか。でも君はお父さんを知らないまま育つことになったんだね」

「うん。周りの子はお父さんがいるのになんでうちだけいないのって、不思議だったけど、まあそういうもんだと思ってたから。それに、私には別の形でお父さんがいたの」

「どういうこと？」

「物心ついてから、出合ったの。父の漫画に」


絵衣子は五歳になった頃、家の中にいつも閉め切ってある部屋があることに気づいた。あの部屋には何があるんだろう。母がいないとき、そのドアをそっと開けてみた。

そこには見たことのない世界があった。美子は、幸助が失踪したあとも彼の仕事部屋をそのままにしてあったのだ。

絵衣子は恐る恐る部屋に足を踏み入れた。本棚には数え切れないほどのコミックスが、机の上には漫画を描く道具一式が並んでいた。絵衣子は吸い寄せられるように棚にある漫画を手に取った。人生を決める新しい世界が広がった瞬間だった。

やがて絵衣子にとってそこは秘密の遊び場になった。なぜかこの部屋に入っていることを母には内緒にしようと思った。

字が読めないうちは、棚にある漫画の絵を見ているだけだった。やがて小学生になって字が読めるようになると、絵衣子は貪るようにそこにある漫画を読み耽《ふけ》った。手塚治虫、石森章太郎、ちばてつや、赤塚不二夫《あかつかふじお》、水木《みずき》しげる……少年漫画がほとんどだったが、萩尾望都《はぎおもと》、大島弓子《おおしまゆみこ》、竹宮恵子《たけみやけいこ》などの少女漫画の名作と言われるような作品もひととおり揃っていた。

もちろん本棚には幸助の作品もあった。隅っこに他の作家と同じように並んでいた。太田幸助はペンネームで本名は松村なので、しばらくは自分の父だと気づくことはなかった。しかし本棚の中で太田幸助の作品は特別な存在感を放っていた。幸助の作品はどれも同じ作品が三冊か四冊ずつあったからだ。作者には出版社から見本が複数冊送られてくるということを知ったのはずっとあとのことだ。手塚や石森と同じように太田幸助の作品も絵衣子の心を捉《とら》えて放さなかった。

やがて藤子不二雄《ふじこふじお》Aの『まんが道《みち》』を読んだとき、この部屋の机の上にある道具類が漫画を描くためのものだということを知った。このとき、朧《おぼろ》げだった像が焦点を結んだような気がした。太田幸助は父に違いない。父はこの部屋でこれらの作品を描いていたのだ。絵衣子は感動で身体が震えた。隠された秘密に気づいてしまったような気がしたが、そのことを美子には言わなかった。

一方の美子は、絵衣子が幸助の書斎にたびたび入っていることに気づいていたようだ。幸助の作品を読んでいることにも。しかし何も言わなかった。

「学校の授業でインターネットを使うようになって、太田幸助の名前で検索してみたの。やっぱり自分の父親だった。盗作のことや、失踪したことを知ったのはそのとき」

「なるほど、作品を読んだあとで失踪のことを知ったのか」

「うん。でもそうと知らずに父の作品を他の漫画家の作品と同じように読んだのは良かったと思う」

「失踪のことを知ってショックじゃなかった？」

「フラフラしながら家に帰ったのを覚えてる。なんか変な感じ。開けられなかった本のページが急に開いて中が読めたら、いきなりとんでもない内容が目に飛び込んできたようなものだから。夜には熱を出して寝込んじゃった」

「お母さんには、なんて言ったの？」

「何も言わなかった。母が隠してることを、こっそり知っちゃったのが、なんか悪いことみたいな気がしたの。そういう変な気を回す子だったの。今もだけど」

「分かるよ、その感じ」


父が漫画家であったこと、その父が盗作問題を起こして失踪したことを美子が絵衣子に話したのは、それから一年ほど経った頃だった。

「あなたに話しておかなきゃいけないことがあるの。お父さんのことだけど」

そう美子は話を始めた。

絵衣子は「やっとか」と思いながら母の話を聞いた。もうネットで読んで知っていることだったので特に驚きもなかった。「そう……分かった」と、ずいぶん淡々としたリアクションだったが、美子は「もう知ってたの？」とは訊かなかった。まるで単なる儀式のような美子の告白タイムは終わった。そしてそれっきり、母が幸助のことに触れることはなかった。

絵衣子はそれからはいつでも大っぴらに書斎で父の作品を読めるようになった。そしてネットで色々な人が父の人となりや作品について言っていることを読んだ。そこには盗作騒ぎに関する誹謗中傷《ひぼうちゅうしょう》もあったが、多くは父の作品に対する賞賛や愛着を含んだ感想だった。世の中の多くの人が父の作品を読み、面白がっている。そのことは絵衣子にとって大きな感動だった。

そして絵衣子は小学校四年生になったとき思った。私も漫画を描きたいと。そして美子に訊いたのだ。

「あの部屋にあるお父さんの道具、使ってもいい？」

美子は少し驚いた様子で「どうしたの、急に」と訊き返してきた。

絵衣子が曖昧に答えを濁すと、美子はそれ以上深くは訊いてこなかった。そして「いいんじゃない？」とだけ言った。

それはどこか奥歯に物が挟まったような言い方だった。あからさまに禁止するほどではないものの、心の底では絵衣子が漫画を描くことを母は望んでいないのだろうかと思った。しかし絵衣子は許可を得たことで、父の道具を自由に使って漫画を描くようになった。

父の残した物は高級な道具ばかりだった。今でこそパソコンで描かれることも多いが、幸助の時代は全て手描きだった。ガラスペンや烏口《からすぐち》など、普通なら子どもが手にすることができない物だ。初心者が漫画を描くとき、普通は鉛筆で描くところから入り、かなりあとになってペンを使い始めるものだ。その際、鉛筆で描くことに慣れてしまうと、ペンが紙に引っかかるので非常に描き辛い。しかし絵衣子は最初からペンを使うところから入ったので、その辛さを知らず知らずのうちにクリアしていた。そしてその部屋には模写するお手本が無数にあった。絵衣子が『絵は上手い』と言われるのにも理由はあったわけだ。

なぜ絵衣子は漫画を読んで楽しむだけでなく、あるいは趣味で描くだけでなく、職業として描きたいと思うようになったのか。それは絵衣子自身にもよく分からない。父は道半ばで志を絶たれた。だから娘として父の想いを継ごうと思ったのだろうか？ それは少し違う気がする。自分の父がどっぷりと嵌《はま》って抜けられなくなった漫画という沼に、自分も嵌ってみたいという不思議な欲求があった。そしてそれがいつしか、漫画家になって成功したいという生半可ではない気持ちに変わっていったのだ。

そこまで話し終わって、絵衣子は息をついた。このことを人に話したのは初めてだった。

「なかなかヘビーな話だったな」

「ごめん、こんな話聞かせて」

「いや、話してくれて嬉しいよ。そっちは大丈夫？ 話すの辛くなかった？」

「大丈夫」

「泣いてもいいよ」

ちょっとおどけたように洋平が言う。

「ううん。むしろ話して楽になった気がする」

「なら良かった」

「自分から父親のことを誰かにちゃんと話したのって初めてかも」

「そうなの？　中学とか高校の友達にも？」

「あの頃の友達も、ネットで見て父のことは知ってたと思う。でも私にそのことを訊いてくる子はいなかったな。訊かれもしないのに私から話す必要もないし」

「初めて話す相手になったの、光栄だな」

調子の良いことばかり言う洋平だが、その言葉は本音だろうと思えた。

今度は自分が話す番だとばかりに、洋平は幸助の作品がいかに素晴らしいかということを熱っぽく語り始めた。

「俺、あの人の過剰なほどの描き込みが好きなんだ」

「絵が過剰か。そう言われるとそうだよね」

幸助は描き込みが過剰な上に、一人で全部描かないと気が済まない性格だったらしい。普通は連載をいくつも抱えて忙しくなれば、アシスタントを何人も雇って分業にするものだ。作家は人物の顔を描いているだけということもけっこうある。手塚治虫があれほどたくさんの作品を遺せたのはプロダクションを作り、多くのスタッフを抱えていたからだ。しかし幸助はそういうことができなかった。

やがて行き詰まりが来た。作業は進まない。それでも締め切りはやって来る。絵に尽力するあまりストーリーに割く時間が失《な》くなってしまい、苦し紛れに盗作に走ったのだろうか。

そう思ったとき絵衣子はハッとした。ストーリーが創れず、挙句にフロッピーディスクに入っていた他人のアイデアを勝手に使って漫画を描いている自分。父と同じではないか。

ついさっきまで、父のことを初めて人に話したことで、ちょっと甘いような気持ちが心の中に広がっていた。しかしそれが一気に消えてゆく。それ以上話しているのが辛くなってきた。

「……じゃ、私帰るね。仕事しないと」

「ごめん。なんか話を聞くばっかりで、役に立てないで」

「ううん。付き合ってくれてありがとう」

「あの女の人、俺も捜してみるよ」

「うん……」

「きっと面白い漫画が描けるよ」

「気休め言わないで」

絵衣子は苦笑しながら言った。

「気休めじゃないよ。本気で言ってるんだ。だって、面白い物を描きたいっていう気持ちは本当だろ」

「そりゃそうだけど。それで描けたら苦労しない」

「いや、そこが大事な気がするんだ。神様は見てくれてるっていうか」

絵衣子はなんと答えていいか分からなかった。でも洋平の気遣いは嬉しい。

「そう言えば、実家から送ってきたリンゴがうちにたくさんあるんだ。一人じゃ食べきれないから送ってもいい？　ビタミン摂《と》って元気出してよ」

「ありがとう」

絵衣子は促されるまま洋平に住所を教える。

「じゃ、頑張れよ」

「うん。ありがとう」

絵衣子は洋平に話して本当に良かったと思った。

10

洋平と別れて自分の部屋に向かって歩いていた。

最初に洋平と会ったとき、つまりあのフロッピーを手にした日はまだ青葉が芽吹く頃だった。今では木々が青々と茂って地面に濃い影を作っている。

洋平は真剣に絵衣子のことを心配してくれていた。母以外に自分をこんなに気遣ってくれる人は人生で初めてかもしれない。そういう人がいることが絵衣子の心を温かくしてくれる。洋平のことが好きなのだろうか。すぐに答えを出すよりは、心の中でこの気持ちを大事にしたい。あの女のことはこれ以上考えても仕方ない。もう一度前向きな気持ちでストーリー創りに取り組んでみよう。

そんなことを考えているうちに絵衣子は自分の部屋の前に着く。ノートパソコンを取ってまた駅前のカフェに行こう。そう思いながらドアを開けた。

すると、部屋の中が何か違っていた。その違いがなんなのか、一瞬絵衣子には分からない。あまりに想像を絶する変化が起こると、脳はとっさに感知できないのかもしれない。

「何してるの。入りなさいよ」

〝想像を絶する変化〟が口元に笑みを浮かべて言った。そこにはもう一人の絵衣子がいたのだ。彼女は床に座って漫画を読み耽っている。『火の鳥』の「鳳凰編」だ。本棚から勝手に取ったのだろう。絵衣子が大好きな作品なので遠めに表紙を見ただけで分かった。

絵衣子は思わず、玄関の外に出てドアを閉めた。

さっきは会いたいと思って血眼《ちまなこ》になって捜していたくせに、いざその相手が目の前にいると逃げたくなってしまったのだ。あの女が何者であるにせよ、向こうからここに来たということは、アイデア盗用のことを責めるために違いない。それにしても、絵衣子の住所を突き止め、留守中に勝手に部屋に上がり込んでいるのはどういうことだ。しかも平然と座って漫画を読んでいるとは。

このままどこかに行ってしまいたい気持ちだった。しかし逃げても何も解決しない。ここは絵衣子の部屋なのだ。逃げ場所はない。

絵衣子はひとつ深呼吸をすると、再びドアを開けて玄関に足を踏み入れた。

絵衣子と同じ顔をした女は、いつも絵衣子が座るコーヒーテーブルの横の床に腰を下ろして、『火の鳥』を読み続けていた。冷蔵庫から勝手に出したペットボトルの麦茶を飲んでいる。前に見たときと同様、絵衣子より垢抜けた服装をしていた。

「突っ立ってないで上がれば？」

女が言った。

絵衣子は言われるがまま、靴を脱いで部屋に上がる。いつもするように靴を揃えている余裕はなかった。

女があまりに我が物顔で座っているので、絵衣子は思わず『お邪魔します』と言いそうになる。自分が客のような気がして部屋の隅に立っていた。

「座れば？　これ飲むなら自分のコップ持ってきてね」

麦茶のペットボトルを示しながら女が言った。やはり絵衣子が客のようだ。

絵衣子はとりあえず座る。何か言わなければ。

「あの……どうやって入ったの？」

「大家さんに鍵を失くしたって言ったの。だから付け替えることになるけどよろしく」

女は言いながら、手の上で何かを弄《もてあそ》んでいる。あのフロッピーディスクだ。絵衣子が机の上に置いたままにしていたのを見つけたのだろう。

「どうしてこれがここにあるのかな？」

「それは……」

「これ見て描いたんだね。あの漫画」

「うん……」

「勝手にそういうことしちゃまずいでしょ。本人の了解も取らずに」

「……連絡したくても、どこにいるか分からなかったし」

「だからやっちゃったわけ？」

「……すみません」

自分とそっくりの女に謝るのは妙な気分だ。

「人のアイデア勝手に使ったくせに、続きを自分で考えられないってどういうことよ」

女はなぜか、絵衣子が続きのストーリー創りに行き詰まっていることを知っている。

「ああ、情けない情けない」

女は怒るというより、絵衣子をいたぶっているような感じだった。

「分かってるよ。自分でも情けないと思ってる」

「もう一人の自分がそれじゃあね。私の中にもそういうダメなところがあるのかな」

女が核心に触れたので、絵衣子はドキリとする。

「もう一人の自分？……どういう意味？」

「『火の鳥』ってあっちと同じなんだ」

女は手にした漫画に視線をやりながらわざとはぐらかす。

「あっちって？」

絵衣子は前の質問を棚上げして続けて訊く。

「はあ？　漫画の題材にしておきながら何言ってんの」

「……」

「並行世界。パラレル・ワールド。多次元宇宙。色々な言い方があるけど」

「……あなたは、その……」

混乱する絵衣子に女は平然と言い放った。

「私はあなた。あなたは私。そんなに離れてない別の次元から来たの」

「次元……そんなに離れてないって？」

「並行世界はたくさんあるのよ。私がいる世界とこの世界は隣り合ってる」

『並行世界』なんて、漫画や映画の世界ではいくらでも聞いたことがあるのに、しかも自分が作品に描いていることなのに、現実に『それがある』と言われたとたんにこれほど嘘臭くなるとは。絵衣子はこの女が頭のおかしい人であってほしいとどこかで願っていた。

しかし、女はそんなことに関係なく話を進める。

「まあ、急に言われても困るよね。私だって並行世界があることや、自分がその間を移動してるって分かったときは、受け入れるのにそこそこ時間がかかったからね」

「移動って……なんでそんなことができるの？」

何から訊いていいのか分からないので、とりあえず行き当たりばったりで思いついた質問をするしかない。

「詳しくは言えないけど。私はあるきっかけで別の世界に移動する方法を知ったの。『パラレル・パスポート』のアイデアはその体験を基に書いたのよ」

この女が言うことを本当だと仮定して話を進めるのがいいのか、嘘だと疑ってかかったほうがいいのか、まだ判断がつきかねた。とりあえずは大人しく話を聞いてみようと思った。

「それをあなたが勝手に漫画にしたでしょ。本当なら私が私の世界でやるべきことを、あなたがこっちで先にやってしまったの。このまま放置しとくと、どんどん世界が入り混じってまずいことになる危険性があるの。だから事態を収束しろって言われたのよ」

「言われた？　誰に？」

「パラレル・ワールド監視委員会」

突拍子もない名前を耳にして、話を聞き続けるのが難しくなってきた。

「パラレル・ワールド監視委員会？　こっちにはそんなものないけど。そっちとこっちは大した違いないって言ったじゃない」

「あるよ。こっちにも」

「え、ないよ」

「あのねえ、あなた、世の中のことを自分が全部知ってるとでも思ってるの？　パラレル・ワールド監視委員会があるとしたって、一般の人間には隠されてるに決まってるじゃん。アメリカの科学者が中心になって、世界的な大富豪から資金提供を受けて運営してるの。パラレル・ワールドの研究と世界間の移動の管理が主な業務。歴代のアメリカ大統領はその秘密を受け継いでるのよ」

「そうなんだ……」

「第一あなた、自分の漫画に並行世界のルールを主人公に教えるララっていうキャラを登場させてるじゃない」

「それは漫画に必要だと思ったから出しただけで……それで、えーと……あなたも漫画家なの？」

女は「ふう」とため息をついた。

「隣り合った世界では、世の中の仕組みとか過去の歴史はほとんど同じなの。で、それぞれの人があっちとこっちでちょっとずつ違う人生を歩んでるの」

「違うって……どんなふうに違うの？」

「違うってことで言うと、一番大きい違いは時間の進みが違うことね」

「えっ、それって？」

「そう。あなたが漫画に描いたとおり。隣り合ってる世界で少し時間がズレてるの。私の世界はここより二年進んでる。私はあなたより早く連載を持って成功してる。水田あずみは好きな男ができたせいで漫画に身が入らなくなって、ちょっと失速気味。図らずもあなたは本当のことを描いてたのよ。どうして他の世界と時間がズレてるってことを思いついたの？」

「それは……そのほうが展開が色々生まれて面白いかなって。それに、並行世界の話にタイム・トラベルの要素を残したかったたっていうか」

「ポーッとしてるようで、どこかで真実を知ってたのかもね」

バカにされてるのか褒められてるのか分からない。

「二年進んでるってことは、あなたはもう何本も連載したの？」

「これまでに持った連載は二本。三本目が『パラレル・パスポート』になる予定だった」

この女は絵衣子よりかなり成功しているようだ。前に本屋でガラス越しに見たときに、絵衣子が感じた劣等感は当たっていたのだ。この女の住む世界がここより二年進んでいるということは、絵衣子も二年後にはそうなっているということだろうか。

「言っておくけど、私が成功したからって、あなたがこれから成功するとは限らないよ」

絵衣子の頭の中を読んだように女が言う。期待はすぐに打ち破られた。

「担当編集者はなんていう人？」

「田島っち。それはこっちも一緒？」

「あなたの世界でもパワハラ野郎？」

「え、なんのこと？　普通だけど」

絵衣子は自分から田島に厳しくしてくれと言ったことで、ひどい仕打ちを受けることになったことを話した。

「確かにそういうところがある人なのかもね。でも最初にそういうのは受け付けないって態度を示せば大丈夫よ」

「そうなんだ……」

やはり自分の態度がいけなかったのだろうか。

「もうひとつ訊かせて。こっちの世界に来る方法って何？」

「何言ってるの。漫画に描いたでしょ」

女は呆れたようにため息をついた。

「もしかして、パラレル・パスポート？」

「そうよ」

絵衣子はパラレル・パスポートの仕組みなど考えたことがなかった。ただの架空の設定だと思っていた。アラジンの魔法のランプと同じようなものだ。

「いったいそれってどういう原理っていうか、仕組みなの？」

「あなたに科学的な説明をして理解できる？」

絵衣子は首を横に振った。

「じゃあ、聞いても無駄よ。どちらにしても原理は秘密だけど。みんなに知られるとまずいことになるから」

「えーと、話を前に戻すと、本屋の外に立ってたのはあなただったのね？」

「そうよ。あなたの様子を見てたの。見つかっちゃったけど」

「渋谷のロフトで洋平と会ったのは、あなた？」

「うん。あっちの洋平とどう違うかと思ってつい声かけちゃった」

「洋平はあっちにもいるの？」

「あっちの世界のことはこれくらいで勘弁して」

どうやって漫画家として成功したのか、ああいう面白いストーリーを考えられるようになるにはどうすればいいか。それに父のことも訊きたい。あっちでも父は盗作して失踪したのか。

「もっと訊きたいことがあるんだけど」

「質問はそこまで。これ以上詳しく話すと、どんな不均衡《ふきんこう》が起こるか分からないから。それより問題は、あなたがこれからどうするかっていうことでしょ」

自分のストーリーを使うのをやめろと言われるのかと絵衣子は不安になった。それではまるで『ドラえもん』の「してない貯金を使う法」と同じではないか。未来ののび太は貯金を返せと言いに現在へやって来た。この女はアイデアを返せと言うために並行世界から来たのだろうか。

「私にどうしろって言うの？」

「はあ？　それはこっちのセリフなんだけど」

「え？」

「あなた、ストーリーに行き詰まってるんでしょ？」

「そうだけど。どうしてそのことを知ってるの？」

「さっき洋平とラフォーレのカフェで話してたでしょ」

「見てたの？」

「気づかなかった？　近くの席にいたのよ。帽子を被って顔は隠してたけど」

絵衣子は隣にどんな人物が座っていたかまったく記憶になかった。

「なんとかしてよ。もし新人が連載に穴を空けたりしたら大問題になる。私の世界にまで悪影響を及ぼしかねないのよ。もちろん、カレーを食べるかラーメンを食べるかみたいな選択なら、隣の世界に影響を及ぼすことはないわ。でも例えばあなたが不注意で大怪我したりしたら、私のほうにどんな影響があるか分からないの」

「でも、どうしたら……」

絵衣子だってなんとかしたいのは山々だ。しかしどうにもできないから困っているのではないか。

そのとき絵衣子はハッとした。自信満々な態度からすると、この女は——

「あなた、もしかしてあの作品全体のストーリーをもう創ってあるの？」

絵衣子は遠慮がちに訊いてみた。

「創ってないよ。残念ながら」

素っ気ない女の返事に絵衣子は心底がっかりする。

「あなた、いま第四話を作画してるでしょ。さっき見せてもらったけど」

絵衣子の落胆を無視して、女は机の上に置いてあるパソコンを指差した。

「四話まではまあまあ面白くできてるじゃない」

「見ないでよ、勝手に」

「はあ？　私にそういうこと言える立場？」

「一応言ってみただけ……。あの、もう一度確認するけど、あなたは考えてないの？　この続きを。少しも？　全然？」

藁《わら》にも縋《すが》る気持ちで絵衣子は訊く。

「だから考えてないって」

「そう……」

「でも、これから考えることならできる」

「え」

「当たり前でしょ。もう考えたか、これから考えるかは同じことでしょ」

「どういうこと？」

「過去と未来は同じことよ。昨日ラーメンを食べたのと、明日食べにいくことにどんな違いがあるの？　明後日になればどっちも同じ〝食べた〟でしょ」

「ちょっと意味が分からない。それはラーメンを食べることになんの障害もないからでしょ。明日ラーメンを食べにいけるかどうか自信がないなんて言う人はいないでしょ。でもストーリーは思いつくかどうか分からないじゃない。思いつくとしても、どんなストーリーか分からない。何も思いつかないかもしれない。だから不安なんでしょ」

「えーと、つまりこういうこと？　これからどんなに時間をかけようと、あなたはこのストーリーの続きができないかもしれないの？」

「そう」

ひどく情けない気持ちになったが、認めるしかない。女はため息をついた。

「もう一人の自分がこんなていたらくとは。がっかり」

「そりゃ何年もかければ分からないよ。でもここ一週間とか二週間という意味では、まず無理」

「何を自信たっぷりに言ってるの。変な子」

女はバカにしたようにふふんと笑った。どうも性格が悪い。隣の世界は少しだけ違うと言ったが、この女と自分はかなり違う気がした。それとも絵衣子も客観的にはこんな嫌な女なのだろうか。

絵衣子はこの女のキャラが誰かに似ている気がした。そうだ。絵衣子の頭の中にいつも出てくるB子だ。

「で、どうすればいいと思うの？　考えなさいよ」

「……」

実は、絵衣子には少し前から頭に浮かんでいた言葉があった。言うには少し躊躇がある。しかしこうなったら言うしかない。

「……手伝ってください」

「は？　なんて？」

女はわざと聞こえない振りをした。やはり嫌な性格だ。少なくとも、絵衣子にはこういう意地の悪さはない。

「ストーリー創りを手伝ってって言ってるの！」

女が笑う。そして気を持たせるように考える素振りを見せた。

「どうしようかな」

絵衣子はむかついたが、今はこの女に主導権を握られている。

ひとしきり考えるポーズを取ったあと女は言った。

「そうね。こうなったら協力するしかなさそう。このままじゃ、あなたは連載に穴を空ける。二度と漫画を描かせてもらえなくなるかもしれない。あなたがどうなろうと知ったことじゃないけど、私の世界にまで悪い影響を受けたくないし、世界の秩序は守らなきゃいけないから」

「じゃ、助けてくれるの？」

「ただし、ストーリーをそのまま教えてもらえるなんて都合の良いことは考えないでよ」

「えっ？」

「私がストーリーの創り方を教えてあげる。考えるのはあなたよ」

出来上がったストーリーを教えてくれるんじゃないんだと絵衣子は落胆した。締め切りが迫っている中で、ストーリーの創り方など悠長に学んでいる暇があるのか。絵衣子はそのまま使えるストーリーをポンと与えてほしかった。それでも何もないよりはましだと思い直す。

「ストーリーを教えると、並行世界の間を物が移動したことになってしまうから避けたほうがいいの。創り方を教えるだけなら悪い影響は出ないと思う。『魚を与えるより、魚の捕り方を教えよ』って言葉があるでしょ」

絵衣子には、この女が自分を害する存在なのか、それとも助けてくれる存在なのかまだ分からない。とはいえこの状況を切り抜けるには、この女の言うことに乗っかってみるしかないと絵衣子は思った。

「お願いします」

絵衣子は頭を下げる。

「私の言うことを素直に聞くのよ」

「分かってる……ところであなたの名前は？　あなたも絵衣子なの？」

絵衣子の質問に女が一瞬の間を置く。そしておもむろにつぶやいた。

「B子」

「え？」

「絵衣子に対するB子。それでいいじゃない」

そう言って、〝リアルB子〟は小さく笑った。

11

「じゃ、さっそく始めようか。ストーリーに必要な要素は何？」

「え？」

「まずは基礎的なことをどのくらい理解してるのか確認しないとね」

B子はいきなりストーリー創りの講義を始めるつもりらしい。

「えーと、ストーリーを創るには、まず主人公を決めること……それから主人公の目標とか目指すものを決めて……」

それくらいはどんなテキストにも書いてある基本だ。

「この『パラレル・パスポート』の主人公はカケルよね。じゃ、彼の目指すものは何？」

「え、うーん……」

基本は分かっていると言いながら、訊かれると絵衣子はいきなり答えに困った。アイデアを拝借した勢いで、そんなことを意識することもなく描き進めていたのだ。

「そういうことも考えないでよく続きを創ろうとしてたね」

B子がため息をつきながら呆れたように言う。

絵衣子は言い返せなかった。

「よく考えてみて」

B子はあくまで答えを教えてくれる気はないようだった。なかなか厳しい先生だ。

「えーと……カケルは売れない漫画家で、だから売れっ子になりたい。それで金持ちになりたい」

「それだけ？」

「彼の心が本当に求めてるものは何？」

そう訊かれ、すぐには答えが出なかった。絵衣子はしばらく黙り込んで考える。B子は答えを急《せ》かそうとはしなかった。

カケルは売れない漫画家。ほとんどつい この間までの絵衣子と同じだ。自分の心が本当に求めているものはなんだろう。漫画家として成功して金持ちになって名声を得て、そして何を？

「描きたい作品を描いて、人が面白いって言ってくれたら嬉しいのは当然よね。お金だってあったほうがいい。でもどうして超売れっ子になりたいの？　大金持ちになってどうするの？普通に生活できるなら、それでいいんじゃないの？」

確かにそうかもしれない。それで満足する人も多いだろう。しかし絵衣子はそれでは不満だった。いったい何が足りないというのだろう。

「あなたは漫画家として成功したいの？」

「したい」

「じゃ、成功して何を得たいの？」

B子は重ねて訊いた。

人気、お金、賞賛……絵衣子が欲しいのはそういうものだ。B子が訊いている『心が求めるもの』とは、それらを得ることにどんな意味があるのかということだろう。

絵衣子はこれまでそれを真剣に考えたことはなかった。成功して名声を得て金持ちになれば良い気分に決まってる。欲しいのは当たり前じゃないか。欲しいから欲しいんだ。

「……分からない」

「あ、そう。ま、いいわ」

B子はあっさりと言った。

「え、いいの？」

「うん。作品を描いていくうちに、主人公が本当に求めているものは何かがだんだん見えてくるってことがあるからね。だからそれはいま分からなくてもいい」

「そう……」

「とりあえず先に進もうか。主人公が求めるものがあるとして、次に必要なものは？」

「欲しいものが簡単に手に入ったらつまらない。だから何か主人公を阻む障害が必要」

それくらいは絵衣子にも分かっている。

「そう。カケルにはどんな障害があるの？」

「えーと、並行世界では一方で何かを得たら他方で何かを失う。その失うものが何かは失ってみるまで分からない。それに元の世界に戻れなくなるかも。そしたら永遠に見知らぬ世界を彷徨うことになってしまう」

「それもあるけど、それはこの作品世界のルールね。カケル自身に関することは？」

彼のキャラクターの中にあるストーリーの障害になるもの、という意味だろうかと絵衣子は思った。つまりはカケルの欠点やマイナスになる事情だ。絵衣子は改めてカケルの欠点はなんだろうと考えてみた。

「カケルは自分のことしか考えてなくて、自分勝手。根っからの悪人とかじゃないから人を蹴落とすようなことはできないけど」

「あとは？」

「自分に自信がなくて、いつも不安がってる」

「そうね」

言っているうちに、絵衣子はゾッとした。考えれば考えるほど、カケルは絵衣子自身ではないか。主人公が作者の分身のような存在になるのは珍しいことではない。この自信たっぷりに見える上から目線の女が「パラレル・パスポート」を描いたら、まったく違うキャラになったのだろうか。

絵衣子はそれを訊いてみたかったがやめた。今はストーリーを創ることを優先しなければ。

「あなたが今言ったことは、外れてはいない。でも連載を続けるためには、もっと他の何かが必要なんじゃないの？」

「そうか。私は目の前にある要素だけで考えようとしてた」

「こういうときは他の漫画も参考にするのよ。長く続いてる作品に共通する要素は何か」

絵衣子は言われるままに本棚から色々な漫画を引っ張り出してパラパラと読んでみる。全部読んだことがある作品だが、意図を持って改めて読んでみると気づくことが色々とある。

当然のことながら、漫画には色々な脇役が出てくる。長編になれば、最初から出ていたキャラが変化していくこともある。敵だと思っていた人物が実は良い奴だと分かったり、逆に仲間だと思っていた奴に裏切られたり。途中で新しいキャラが登場することも当然あるし、途中で死んだり旅に出たりして退場するキャラもいる。

絵衣子は長編を描くのが初めてなので、脇役の変化や新キャラの投入は初めての経験だ。だから自由自在に脇役を変化させたり新キャラを登場させたりという発想が湧きにくいのだった。でもそれは長編を描くには必要な能力だ。

脇役の変化や新キャラの登場は、主人公にも影響を与える。それが重なり合って作品に厚みが増し、面白くなっていく。

「そうか。私はあまりに少ない持ち駒で、一本調子な展開ばっかり考えてたのかも」

「そうよ。私がヒントを与えただけで、見えてきたじゃない」

そう言われるとそうだ。絵衣子はこれまで大量の漫画を読んできた。その記憶は頭の中に蓄積されている。しかしそれらはちゃんと整理されず、ごっちゃになったままだ。重要なのは、そこからいかに必要な情報をピックアップできるかということだ。

「やっぱり敵キャラかな」

絵衣子はふと頭に浮かんだことを言った。

「そう、四話まではまだ敵キャラが登場してない」

その言葉を待っていたようにB子が言った。

第四話まではカケルが並行世界に行くことがメインだったので、全体を貫く敵キャラはまだ登場していなかった。主人公のキャラを描く上で対照的なキャラと比較させるのは有効な方法である。思いついてみれば当たり前のことなのに、どうしてこれまで気づかなかったのだろう。

「じゃあ考えてみる」

「出すとしたらどんな敵キャラ？」

「いきなり言われても……」

そのときだ。玄関のチャイムが鳴った。

家に来るのは宅配業者くらいである。絵衣子は何か注文してたっけと思いながらドアに向かう。

ところが、覗き穴から外を見てギクリとした。外には洋平が立っていたのだ。

「誰？」

「洋平……」

B子の問いに答える。

それを聞き、B子も絵衣子を押しのけるようにして覗き穴を覗く。

「あいつか……さっき別れたばかりなのに。約束してたの？」

「何も」

なぜうちの場所を知っているのだろう？　と一瞬思う。さっき別れ際に、リンゴを送ると言われて住所を教えたことを思い出した。

「出ればいいじゃん」

「じゃ、奥に隠れて」

さっきまで一緒に捜していた女が部屋にいるのを洋平に見せるわけにはいかないだろう。それにB子としても『並行世界から来たもう一人の絵衣子です』などと自己紹介することはできないはずだ。

「しょうがないな……」

B子が渋々風呂場に入る。

それを見届けてから、絵衣子はそっと玄関ドアを開けた。ドキドキが続いている。

「よう」

洋平は相変わらずの呑気な笑顔だ。

「びっくりした」絵衣子は強引に笑みを作る。

「さっき言ったリンゴ。送ろうと思ったけど、持ってきたほうが早いなと思って。それからこれも。陣中見舞い」

洋平は持っていた物を差し出した。ひとつはリンゴがいくつか入った袋。もうひとつは駅前のケーキ屋の袋だ。

「ありがとう」

絵衣子はふたつの紙袋を受け取る。

そのまま二人は玄関に突っ立っていたが、洋平は中に入りたい様子だ。ケーキを持って陣中見舞いに来た人間が部屋に上がりたいと思うのは当然のことかもしれない。この袋にはたぶんケーキがふたつ入っているのだろう。しかしB子が隠れている狭い部屋に彼を入れるわけにもいかない。

「ごめん。今ちょっと仕事でテンパってて」

「ちょっと一息入れたら？」

「ちょうど案が出そうになってたとこなの。ここで休憩するとまずいかも」

「そうか。じゃ、また今度にするよ」

洋平が残念そうにつぶやく。

「ごめんね。またね。差し入れありがとう」

「仕事、頑張れ」

洋平は笑顔で手を振って帰っていく。そっとドアを閉めた瞬間、絵衣子の心がズキリと痛んだ。部屋に入ってもらいたかった。部屋で二人きりの時間を過ごしたかった。

その心の痛みで絵衣子は気づいた。洋平が好きだということに。

玄関のドアが閉まる音を聞いたのか、B子が風呂場から出てきた。

「あいつのこと好きなのね」

いきなりB子がそう口にする。

「うん……」

もう一人の自分に気持ちを隠しても仕方ないと思ったので素直に頷く。

「部屋に上げればいいのに」

「無理に決まってるでしょ。あなたがいるんだから」

「そういうのがスリルがあってドキドキするんじゃない」

「それはストーリーの場合でしょ。現実でドキドキなんかしたくない」

「つまんない子。それじゃ面白いストーリーなんか創れないよ」

「そんなの関係あるの？」

「何も冒険しない、普通が一番っていう人が、ストーリーの中で主人公を冒険させられる？　つい安全な道を選ばせちゃうんじゃないの？」

「それはどうかな。それじゃ犯罪者を描くには犯罪をしないといけなくなるじゃない」

「それは話が飛び過ぎ。実際に犯罪をしなくても、その犯罪を犯してしまう気持ちを理解することは必要でしょ。要は精神性の問題よ。心の中に冒険心とか変化を求める気持ちが全然ない人が、主人公の冒険や変化を描けるかってこと」

そう言われると絵衣子は反論できなかった。

「だいたい、あの男とこれからどうするつもりなの？　付き合うの？」

「そんなのまだ分からない」

「優柔不断なんだから」

そんな話をしながら二人は改めて床に座った。絵衣子は洋平に貰ったケーキの箱を開ける。可愛いケーキがふたつ入っていた。モンブランとチーズケーキ。絵衣子は洋平がそれを買う様子を想像して笑いが込み上げた。その笑顔の意味をB子も理解した様子で同じように笑う。

「食べない？」

「そうね」

B子が言うので、絵衣子は立ってキッチンでコーヒーを淹《い》れる。

「もう一人の私のくせに、どうしてあなたはそんなにはっきりしてるの？」

絵衣子はマグカップにコーヒーを注ぎながら訊いた。

「あなただって、そうなれるよ。その気になれば性格なんていくらでも変わるんだから」

そう言われても絵衣子は信じられなかった。絵衣子は自分が優柔不断で思い切りの悪い性格だと分かっている。並行世界から来たもう一人の自分が自分とまったく違う性格に思えることは、並行世界が存在するのと同じくらい不思議なことだった。

「そんなに冒険が嫌いなら私が代わってあげようか。あなたの振りしてあの男とデートしてあげてもいいよ」

「変なこと言わないでよ」

「冗談よ」

それから二人でケーキを食べた。B子は迷わずモンブランを取る。絵衣子はチーズケーキを食べたかったのでちょうど良かった。もう一人の自分でも違いは色々とあるようだ。

「じゃあ今日はここまでにしようか。これから登場する敵キャラを考えようってとこまでだっけ。それは宿題ね」

ケーキを食べ終え、マグカップも空になると、B子は帰ろうとして玄関に向かった。

「明日も来てくれる?」

「もう少し付き合ってあげなきゃダメみたいね」

それだけ言うと、B子は靴を履いて出ていってしまった。絵衣子が履いたことのないようなシックなデザインのパンプスだった。

絵衣子は一人玄関に残され、放心したようになって立ち尽くす。

並行世界から来たもう一人の自分がストーリーの創り方を指南してくれて、明日も来ると言って出ていった。なんとも奇妙、というかあり得ない状況だ。

そのとき絵衣子の中にまったく新しい気持ちが込み上げてきた。この奇妙な状態を無抵抗に受け入れるのがどうにも我慢できないという気持ちだ。

絵衣子は鍵と財布とスマホを手に取ると玄関を出た。B子を尾行するのだ。

いったいあの女がどこに帰るのか。本当にパラレル・パスポートを使って並行世界からやって来るのか。案外そのへんのアパートに入っていくのではないか。

急ぎ足でマンションを出て左右を見たが、B子の姿はもう見えない。絵衣子は駅のほうに早足で歩いた。並行世界から来た女が駅のほうに帰るというのも考えてみれば変だが、他にどっちに行けばいいか思いつかない。

次の角を曲がるとしばらく一本道が続く。絵衣子がその角を曲がると、ずっと先のほうを歩いていくB子の後ろ姿が見えた。歩いているもう一人の自分。その後ろ姿を見つめながら歩いた。

人を尾行するなんて生まれて初めてのことだから動悸が速まる。いつしか絵衣子はB子と同じ歩調になっていた。B子は心なしか右肩が下がっているように見える。もしかして自分もそうなのだろうか。

B子はスッと次の角を曲がった。駅に行くのとは違うほうだ。あっちに行っても住宅街があるだけだ。

絵衣子はあまり距離を空けると見失うと思い、足を速める。そしてB子が曲がった角を急いで曲がった。

ところがそこで、B子がこちらを向いて仁王立ちになっていた。

「あっ!」

思わず声を上げて絵衣子は立ち止まる。

「どこ行くの?」

B子の問いにとっさに声が出ない。『買い物』と言いかけたが、こっちのほうに店はないので説得力はない。

「あなたがこういうことするのは予想できたわ。なにしろもう一人の自分だから」

「……」

「こんなことじゃ信頼関係が築けないわね。どうする？　もうやめる？」

絵衣子は首を横に振った。

「ごめんなさいは？」

「ごめんなさい」

「何か罰を与えないとね」

「罰？」

いったいどんな罰が下るというのだろう。もう一人の自分に対してあまりひどいことをしないでくれることを期待するばかりだ。

しかしB子は、ちょっと考えてから妙なことを口にした。

「あなた、お母さんと最近会った？」

「え？　それが何？」

「答えなさい」

「しばらく会ってないけど」

「なんで会わないの。たった一人の家族でしょ？」

B子は真顔で迫ってくる。

絵衣子は答えられなかった。

「なんで黙ってるの？」

「母はちょっと」

「ちょっと何よ」

「事情があって」

「会うことはできるんでしょ」

「それはそうだけど」

「じゃ、会いなさい。お母さんと仲良くしなさい」

B子が言った。

「うん……」

「明日会いにいくのよ」

「えっ、明日？」

「そう、明日。それを罰にする」

「でも、そんなことより仕事しないと」

「仕事を進める上でとても必要なことよ」

「どういうこと？」

「先送りしていることをまずは解決しなさい。仕事はそれから」

なぜB子がそれを知っているのかが気になったが、絵衣子はB子が言っていることの意味がすぐに理解できた。B子も自分の世界で同じ問題を抱えているのだろうか。絵衣子は訊きたかったが、B子はその暇を与えず、再び背を向けて去っていった。

12

平凡な住宅地の風景が窓の外を流れていく。絵衣子は母に会うために電車に乗っていた。池袋から北に向かうこの路線に乗るのは三ヶ月ぶりだ。

窓の外の風景をぼんやりと見る。高校に通っていたとき毎日見ていた風景だ。所々に新しいマンションが建っていたが、それ以外に大きな変化はない。どことい って特徴のない郊外の風景だ。

その平凡さは駅に降りても変わらなかった。昔は『東京のベッドタウン』として若い家族で賑わったが、子どもが育つとみんな出ていってしまい、今では老人ばかりが目立つ街になっている。

父はどうしてこんなに都心から中途半端に遠い所に家を買ったのだろう。お金なら十分に稼いでいただろうから、都心に家を買うこともできただろうに。

駅からほぼ一直線に続く道を十分ほど歩くと実家がある。絵衣子はこの単調な一本道が好きではなかった。中学や高校の頃の変化のない毎日を象徴しているような気がするからだ。

今日はその道を途中で右に曲がる。少し歩くと白く大きな建物が見えてきた。『市立病院』という看板が見える。

絵衣子は病院のメインの入口には向かわず、建物に沿って少し歩いた。すると『病棟入口』と書かれたドアが見えてくる。メインの建物は外来で、病棟は別棟になっているのだ。絵衣子はそのドアを潜った。

ドアを入ったところにある警備員の窓口で、絵衣子は「四階の松村の家族です」と告げる。そこにいた警備員とは何度か挨拶したことがある。「はい、どうぞ」と警備員も絵衣子の顔を覚えていた様子で軽く答えた。

そのままエレベーターで四階に上がる。ナースセンターでは多くの看護師が忙しそうに働いていた。本当は声をかけたほうがいいのだろうが、いつもそのまま通り過ぎる。そして廊下の先にある個室に入った。換気のためか、ドアは開けたままになっていた。

奥にあるベッドの上で、女が眠っていた。母の美子だ。口に酸素マスクがつけられている。近づいて、母の顔をそっと覗き込んだ瞬間、こんな顔だっけと絵衣子は思った。なんだか他人のような気がする。長く入院しているので面変わりしたのだろう。その顔を見ているうちに、自分はこの人から生まれたんだという妙な感慨が湧いてくる。

久しぶりに来たのだから、担当の医師に声をかけて、病状の変化について訊いたほうがいいのだろうか。しかし見たところ美子の様子に変化はなさそうだ。ただ時間だけが無為《むい》に流れているように感じる。このまま美子と言葉を交わすこともなく永遠の別れを迎えるのかもしれない。

美子は半年前に脳梗塞《のうこうそく》で倒れた。それ以来、意識不明が続いている。

美子が倒れたのは職場だった。同僚がすぐに救急車を呼んでくれたらしい。もし自宅で一人でいるときに倒れていたらどうなっただろう。連絡を受けて病院に行った絵衣子が見たのは、まるで死んだようにベッドに横たわる母の姿だった。絵衣子が知る限り、美子は健康で、持病がある様子はなかった。あまりに突然で絵衣子は呆然とするしかなかった。

「お母さん、私、連載が始まったよ。けっこう評判良いよ」

絵衣子は小さな声でつぶやいた。しかし美子の返事はない。

そのとき、後ろで「あ、来てたの」と声がした。入って来たのは美子の妹の幸子《さちこ》だった。

「久しぶりじゃないの？」

幸子の言葉には、なかなか来ないことへの批判的なニュアンスが籠っている。

「ごめんなさい。忙しくて」

幸子はひと駅隣の町に住んでいて、頻繁《ひんぱん》に見舞いに来てくれている。それもあって絵衣子は母のことを幸子に任せてしまっているところがあった。

「立ってないで座ればいいじゃない」

「うん……」

絵衣子はひとつだけある椅子を手繰《たぐ》り寄せて座った。幸子は窓を開けて空気を入れ換えたり、乾かしてある美子の肌着を畳んだり、慣れた様子で用事を片付けていく。

幸子はシェフの夫と二人でレストランを経営していた。それなりに繁盛しているが、バイトを雇っているので昼間はこうして美子の見舞いに来られるのだ。

幸子は「手伝って」とも言わずに用事を片付けていく。それがなかなか見舞いに来ない自分への非難のような感じがして少しだけ居心地が悪い。

「漫画、好調みたいね。おめでとう」

幸子は用事を続けながら言った。

「ありがとう」

幸子は絵衣子の漫画についてはそれ以上言わなかった。読んでいるのかどうかも分からない。

「お母さんのこと、お医者さん、なんて?」

「特に何も。感染症さえ起こさなければ、当分はこのままの状態だろうって。じき目を覚ますから大丈夫、とは言ってくれなかったわ」

絵衣子は覚悟していたことなので特に感情もなく聞いていた。その感情のなさを、幸子は腹立たしく思っているのかもしれない。

「ずっと一人で頑張ってきたからね。ちょっとずつ無理が祟《たた》ってたのかもね」

横たわった美子を見ながら幸子がつぶやく。

「うん……」

私のせいだ、と言って泣けばいいのだろうか。

それから幸子は自分の子どもの進学のことや、遠い親戚の叔父さんが胃癌《いがん》で亡くなったことなどを話していた。絵衣子は生返事をしながら聞いていたが、幸子も絵衣子に真剣に聞いてもらおうとは思っていないだろう。やや気まずい時間を埋めているだけだ。もともと絵衣子は幸子とあまり馬が合わなかった。

幸子より早く帰ることは憚《はばか》られる気がして、絵衣子は座ったままでいた。しばらくすると「じゃ、先に帰るね」と幸子が言ってくれてホッとする。幸子としては絵衣子と美子の水入らずの時間を作ってやろうという親切心があったのかもしれない。

幸子が帰ったあと、絵衣子は美子の側に座り続けた。美子の横顔を見ながら色々なことを考える。

絵衣子の中に、美子に対する感謝の気持ちがあるのは確かだ。父が失踪してから一人で絵衣子を育ててくれた。近くにある弁護士事務所で事務の仕事をしながら、絵衣子が専門学校を出るまで学費や生活の面倒をみてくれた。

同時に絵衣子は、美子に対してどこかわだかまりがあった。美子は絵衣子が漫画家になることをあまり喜んでいるように見えなかったからだ。

高校生のとき、『漫画家を目指したい』と美子に言うと、彼女はあからさまに反対はしなかった。しかしその表情にはどこか戸惑いがあるように見えた。娘が自分を捨てて失踪した夫と同じ道を選ぼうとしていることに穏やかではない気持ちがあるのだろうか。絵衣子の中に、自分にはない悪《あ》しき遺伝子が蠢《うごめ》いているとでも思ったのだろうか。

いずれにしても、たった一人の母親に夢を応援してもらえないということは、絵衣子にとって悲しいことだった。悲しいだけでなく、無意識レベルで目標達成のブレーキになってすらいるのではないかと思う。美子が放つ無言のプレッシャーが『どうせ私はダメ』という刷り込みになってしまった気がするのだ。いや、それは自分がダメなことを母に責任転嫁《てんか》しようとしているだけだろうか。

育ててくれたことへの感謝と、漫画家を目指すことを喜んでくれなかったことへの不満な気持ち。美子に対する矛盾する感情がいつも心の中に存在していて、それが美子との距離を生んでいた。

三十分ほどして、絵衣子は病院を出た。病室を出るとき、絵衣子は美子のベッドに振り向いて『また来るね』と心の中でつぶやく。もちろん美子からの答えはなかった。

絵衣子はもと来た道を駅のほうに戻っていく。実家に続く一本道に入って歩き始めたが、また途中で右に折れて脇道に入った。この先にある市役所の出張所に行くためだった。

住宅地の中に出張所はある。市役所に行かなくても色々な手続きができるように、市内に何カ所かこういう出張所があるのだ。中に入ると、こんな小さな出張所でも何人かの利用者が列を作っている。

「ご用件は？」

親切そうな女性職員が声をかけてくれる。

「あの……戸籍謄本を」

絵衣子が戸惑っていると、その女性職員は戸籍謄本の申し込み方法を教えてくれた。申請書類に記入して、身分証を一緒に提出すると、数分で名前を呼ばれた。ちょっとドキドキしながら、お金を払って戸籍謄本を受け取る。

そこには『長女　絵衣子』と書いてあった。他に子どもの記入はない。やはり絵衣子は一人娘だった。Ｂ子は双子ではない。

絵衣子はＢ子が並行世界から来たもう一人の自分だという話を完全に信じてはいなかった。信じるのはあまりに人が好すぎるというか、もし嘘だとしたら騙される自分が愚か過ぎると思ったのだ。

そこで一番考えられるのは、Ｂ子は絵衣子が知らない双子の姉か妹だったという可能性だ。母から双子の存在など聞いたことはないが、何か事情があって生き別れになり、そのことを絵衣子には隠していたのかもしれない。

しかし戸籍にそんな事実は記されていない。戸籍まで改竄《かいざん》することは無理だろう。双子の可能性は消えた。

だとしてもあれほどそっくりな人間が血の繋がりのない赤の他人とはどうしても思えない。ではやはりＢ子は並行世界から来たのだろうか。

絵衣子はモヤモヤを抱えながら出張所を出た。

また元の道に戻り、今度は実家に向かう。道沿いにはいくつもの商店が並んでいた。流行《はや》っていないように見えた店がしぶとく続いていたり、去年できた店がもう別の店に変わっていたりという変化に目が行く。それにしてもどうしてこの街はこんなに美容室が多いんだろう。若い女が多い街でもないのに過当競争にならないのだろうか。

そんなことを考えているうちに、絵衣子は実家の前に着いた。この住宅街の中では珍しい洋館風のちょっと洒落た造りの家だ。昔、とある大学教授が建てたらしい。それが売りに出されていたのを父が見つけたのだ。父はこの家を気に入ったから結果的にこの街に住むことにしたのかもしれない。絵衣子もこの家は嫌いではなかった。

ポケットから鍵を出して中に入る。この家に住んでいた頃から持っている鍵だ。キーホルダーもあの頃から変わっていない。

中はシーンとして少し黴《かび》臭かった。美子が倒れてから無人になっているが、ここにも幸子が時々来て、空気の入れ換えをしてくれている。

絵衣子は真っ直ぐ幸助の部屋に向かった。それが家に来た目的なのだ。廊下の奥にその部屋はあったが、ドアは閉じられている。

そっとドアを開けたとたん、あの匂いが強く鼻に流れ込んだ。この家の匂いはこの部屋から漏れ出す匂いだったのだ。古い紙とインクの匂い。絵衣子は久しぶりにこの部屋で過ごしたくなったのだった。他にこの家に来る理由はない。

中の様子は昔と何も変わっていない。本棚に並んでいるたくさんの漫画。机の上にある作画の道具。今の絵衣子を形作ってきた物たちだ。それらはまだ生きている感じがした。父が今どこかで生きているのかどうかは分からない。しかし父が残したこの部屋にはまだ命が宿っているような感じが漂っている。

絵衣子は本棚にある幸助の漫画を一冊取り、読み始めた。『トップドラゴン』の第三巻だ。自分の部屋にも同じ物がある。しかしここでそれを読むことには特別な意味がある。小学生のときの初めての父の漫画との出合い。その記憶を絵衣子は反芻した。そうだ、ここから絵衣子の人生は始まったのだ。

そう思ったとたんに涙が込み上げてきた。それは感傷の涙ではない。父から譲り受けたものを生かしきれていない自分の不甲斐なさへの悔し涙だった。人の助けを借りないと漫画を描けない自分への。絵衣子は一時間ほどその部屋で過ごした。

この日、美子を見舞い、実家に帰ったことの意味はなんだったのだろう。絵衣子はそう考えながら東京に向かう電車に揺られた。

役所に行く前は、B子が生き別れの双子だとしたらストーリーが繋がる気がしていた。絵衣子とB子が生き別れになったことと、父の失踪に何か関係があるのかもしれない、そしてB子の存在を絵衣子に隠さなければならない理由が美子にはあるのではないかと。しかし戸籍謄本を見てその可能性は否定された。

全てはB子が現れたことから始まった。あの日、本屋のガラス越しにB子を見た日から。いや違う。B子が忘れたフロッピーディスクを絵衣子が手にしたときからだ。あのとき、絵衣子の現実はそれまでと違うコースを進み始めたのだ。

絵衣子はB子に振り回されている自分が不甲斐ない。そしてだんだんB子のことが腹立たしくなってきた。

そのとき絵衣子の中に、ポッと光が灯ったような気がした。

絵衣子はその光の正体を確かめようとする。それは次第に具体的な形を取り始めた。絵衣子はスマホを取り出して頭に浮かんだことを書き留めようとする。いや、絵に描いたほうが早い。

絵衣子はバッグからノートパソコンを出すと、描画アプリを起動して、電車に揺られながら絵を描き始めた。隣に座っている人が覗いているようだったが気にしている余裕はなかった。

13

翌日の午後、部屋で絵衣子はちょっとドキドキしながらB子を待っていた。

程なくチャイムが鳴る。覗き穴から見てみると、B子が澄ました顔で立っていた。先日と違う服装だがお洒落であることに変わりはない。

「こんにちは」

「こんにちは」

ドアを開けると、B子が何食わぬ顔で挨拶したので絵衣子も返した。

「お母さんのとこに行ってきた？」

そう言いながら、B子は自分の家のように無遠慮に上がってくる。

「行ったよ」

「どうだった？　お母さん」

B子はまるで美子を知っているような言い方だった。B子の世界にも母がいて、昏睡状態で入院しているのだろうか。それを確かめてみたかったが、B子がいるのが二年先の世界だと思うと恐くて訊けなかった。もし母の身に何か起きていたらと思うと言葉が出てこない。

「うん、変わりなかった」

「で、何か収穫はあった？」

「特には」

「何よ、それ。何しに行ったの？　何か思ったことはないの？」

「……やっぱり、この人は私のお母さんだなって思った」

B子が「何を当たり前のこと言ってるの？」と返すだろうと絵衣子は身構える。しかしB子は、

「そう」とだけ答えた。

「それから別の収穫があった。行ったおかげで、宿題ができたの」

「宿題？　ああ、敵キャラを考えるってやつね。どんなキャラ？」

そう言われ、絵衣子はB子を指差した。

「え、私？」

B子はキョトンとしている。

「そう。並行世界にいるもう一人の自分」

言いながら絵衣子はスマホを見せた。ラフなキャラクターデザインだ。昨日、帰りの電車の中で描いたものだった。

そこには『ヒカル』と書いてある。姿はカケルとよく似ているがどことなく違う。髪が長く片目が隠れており、狡猾《こうかつ》そうな雰囲気を醸《かも》し出している。

「ヒカル？」

「そう。並行世界にいるもう一人の自分。それが最大の敵キャラになっていくの」

「ふーん」

B子はそのキャラクターデザインをしげしげと見つめる。

「モデルは私なの？」

「どうかな」

「いいんじゃない？　それで進めてみれば？」

B子はあっさり言った。

さらにB子と話すうち、どんどんキャラに肉付けができてきた。ヒカルはカケルよりやや頭が良く、如才《じょさい》なく立ち回るのが上手い。女の扱いも上手い。カケルが欲しいと思って得られない物を色々持っている。同時に同じ欠点もある。彼はカケルの世界に侵入してきて、カケルの生活に干渉してくる。その目的は何か……

「ヒカルの目的はなんなの？」

「うーん、そこまではまだ」

「ま、いいわ。それはこれから考えるとして、まずはヒカルの登場までを具体的にストーリーにしてみて」

絵衣子はそのアイデアを基にストーリーを創り、ネームを描く作業に移った。

田島との約束の期日が翌日に迫っているので突貫作業である。絵衣子が作業する間、B子は後ろに座って漫画を読んでいた。『火の鳥』を全部読み終わって『アドルフに告ぐ』に入っている。

時折横目で見ると、B子は鼻の横を掻く癖があることに気づいた。絵衣子にそんな癖はない。『もう一人の自分にもそういう小さな違いがあるのね』と言ってみたかったが、『作業に集中して』と言われそうだったので黙っていた。

ふと、同じ癖のある人間をどこかで見た気がする。思い出そうとしたがやめた。そんなことを気にしている暇もないほど時間的に切羽詰まっていたのだ。

次の日の夕方、ようやくできたプロットを田島にメールで送った。

田島からは一時間もしないうちに『ＯＫ！　これで行けそうだね。ご苦労様』という返事が来た。最大の窮地はなんとか切り抜けることができたのだ。

「頑張ったね」

「ありがとう」

B子が珍しく労《ねぎら》いの言葉をかけてくれる。絵衣子はお礼を言ってすぐにトイレに入った。

これからどうしようかと考える。普通ならB子と細《ささ》やかな打ち上げでもしたいところだ。しかしもう一人の自分と居酒屋に入るのも妙である。店員に『双子ですか？』と訊かれたらなんと答える？　いや、その設定で話すうちにB子から何か情報が取れるかもしれない。あるいはB子を酔わせたら、自分から何か話し始めるかも。よし、打ち上げに行かないかと誘ってみよう。絵衣子はそう考えながらトイレを出る。

ところがそこにB子の姿はなかった。

テーブルの上にメモが残されている。

『お疲れ。これでお別れね。後は自分一人でやるんだよ。あ、それからフロッピーは返してもらうから』

それは絵衣子とそっくりの字だった。

14

絵衣子は文明堂出版の一階にあるシエスタでコーヒーを飲んでいた。カップが持ちにくいのは相変わらずだが、それにも慣れたのか近頃は気にならなくなった。モノトーンの気取ったインテリアにも馴染んできたように思う。

「パラレル・パスポート」の第五話も無事完成した。次の六話からいよいよヒカルを登場させる。編集部で田島と打ち合わせをして、六話のネームにＯＫを貰ったところだ。これから帰って作画に入る。

ヒカルを漫画に登場させたことで、ストーリーは上手く転がり出していた。ヒカルはカケルがやることにちょっかいを出し、邪魔しようとする。もう一人の自分なのでカケルの心を読むのが上手く、先回りしてカケルの鼻を明かそうとする。しかし彼の言うことはカケル自身の心の隠された部分でもあり、カケルも完全に否定することができない。ヒカルは腹が立つ存在だがどこか憎めない。そういう多面性を田島は面白がってくれた。

「ヒカルがこれから何をしようとするか読めないのがいいな。読めないけど、何かやらかすだろうという期待は持てるんだよな。このキャラ、どこから発想したの？」

田島に訊かれる。

「色々考えるうちに、敵キャラが必要だってことに気づいたんです。この作品で敵ってなんだろうって考えるうちにパッと思いついたのが〝もう一人の自分〟だったんです」

B子にアシストしてもらったということを除けば嘘はついていない。

「なるほどね。しかも自分とは何かっていうテーマ的なものに近づいていけそうな感じがする。これで俺が言ってた〝ウネリ〟ってやつを生むことに繋がりそうだ」

田島は満足そうにそう言った。

「ありがとうございます」

「で、ヒカルの最終的な目的はなんなの？」

田島の鋭い突っ込みに、絵衣子はギクリとする。そこはまだ考えていなかった。

「そこはまだちょっと、漠然としてて……」

「それならそれでいいよ、描いてるうちに思いつくこともあるだろ」

以前なら『それくらい考えて来いよ！』と怒鳴られたところだが、これまでのことが上手く行っているので問題に感じないのだろう。

絵衣子はコーヒーを飲みながら、ヒカルの目的について考えた。当然のことながら人物にはそれぞれの考えや目的がある。ヒカルの目的がはっきりしないままネームを描けたのは、その部分を謎にしてあるからだ。ストーリーの中に存在する謎は、よほどの意図がない限り必ずそのストーリーの中で明かされる。読者はヒカルの意外な目的が明かされるのを期待して読むことになるだろう。

絵衣子はまだそこを考えていなかった。大丈夫だろうかと心配になってくる。B子は『これでお別れね』というメモを残して消えた。もうB子に頼ることはできない。しかし今の絵衣子はB子が現れる前とは違う。未来の自分はきっと何か良いアイデアを思いつくに違いないという妙な安心感があった。これがB子が言っていた『ラーメンを昨日食べたことと、明日食べに行くことは同じ』ということなのだろう。自信があると言い換えてもよかった。絵衣子が抱えていた当面の問題は解決したと言っていい。B子のストーリー指南のおかげだ。

B子が部屋に来たのはわずか二日間のことだ。それだけで自分にこれほどの変化が起こることが不思議だった。絵衣子の頭の中に前から存在していたものが目覚めたということなのだろうか。

B子が本当に並行世界から来たのかどうかは結局分からないままだ。しかしもうどうでもいい。B子の存在が役に立ってくれたという事実だけで十分だ。

「お待たせ」

あずみがシエスタに入ってきて向かいに座った。雑誌の対談をして以来、あずみとは時折連絡を取り合うようになっていた。あずみはちょうど同じ時間帯に横田との打ち合わせがあるというので、終わったあとにここで待ち合わせることにしていたのだ。

「どう？　週刊の連載は」

絵衣子が訊いた。

あずみは前に話していたとおり、月刊誌と別に週刊誌でも連載を始めていた。当然一人では回らないのでアシスタントを四人雇っているそうだ。

「もう大変よ。最近の若い子ってあんまりきつく言うとすぐ辞めちゃうし」

「アシは遠隔じゃなかったの？」

「遠隔でもできるんだけど、ほら、漫画家がアシと机並べて作業してるっていう感じに憧れがあってさ。ああ、漫画家になったなって感じがして」

「あ、それ分かる」

「でしょー」

二人して笑い合う。敵のように思っていたあずみと、こんなふうに笑い合えるのが意外だった。対等に話せることが嬉しい。以前はあずみが売れなくなって落ちぶれることを望んでいたが、今はそんなことはない。共に相談し合いながら昇っていければいいと思えるようになっていた。

「そっちは？　コミックスの話は進んでる？」

今度はあずみが訊いてくる。連載の一話から六話までを第一巻としてコミックスを出すことになっていた。田島は早めに話を進めたがっている。好評の勢いに乗っている今、コミックスを売り出したいのだ。

「うん。田島さんと話してる。宣伝のこととかも」

「文明堂出版としても力入れてるんだろうね。忙しくなるよ。宣伝部がサイン会とかトークショーとかガンガン予定入れてくるから。いつ原稿描けっていうんだよって感じで」

また二人で笑う。それからも二人は漫画のことや日々の暮らしのことを話した。絵衣子はあずみが繰り出すお洒落やグルメの話題に少しずつついていけるようになっていた。

絵衣子はあずみと別れてそのまま家路についた。

仕事をしないといけないということもあったが、もうひとつ理由がある。今日、洋平が家に来るのだ。今朝、『差し入れを持っていってもいい？』というLINEが来たので、絵衣子はOKしたのだ。三時頃に来ることになっている。先日、彼が来たときは部屋にB子がいたので追い返してしまった。洋平には悪いことをしたと思っていた。

もちろんB子が目の前に現れたことは洋平には話していない。絵衣子が「パラレル・パスポート」の続きの展開を描けるようになったことを洋平は喜んでくれている。あんなに行き詰まっていたのに、どうして急に進み始めたのだろうと疑問に思っているかもしれないが、それを訊いてくることはしない。そういう洋平の鷹揚《おうよう》な感じが絵衣子は好きだった。

絵衣子は駅前のドラッグストアで〝コロコロ〟のスペアテープを買った。今日出かける前に掃除をしたのだが、テープが切れたためカーペットの掃除が不十分なままなのだ。髪の毛が何本も落ちているところに洋平を座らせたくはない。絵衣子は少し早足で家へ向かった。

いつもの角を曲がるとマンションがすぐそこに見えてくる。すると入口の前に絵衣子と同年代の女が一人、背を向けて立っていた。

一瞬B子かと思ったが違う。女はB子よりも髪が長くほっそりとしていた。その細さはスマートというより不健康な感じだ。しかも服装はひどく地味でB子とは似ても似つかない。

女が振り向く。それはあずみだった。

さっきシエスタで会ったのにどうしてここに？　しかもさっきのあずみはいつものようにフリフリのワンピースだったが、こちらのあずみは地味なトレーナーとジーンズだ。着替えてやって来たのだろうか。

状況が呑み込めずに混乱する。それでも絵衣子はあずみに近づいていった。人違いかもと思ったが、近づくほどにあずみに間違いない。向こうも絵衣子を見ており、明らかに絵衣子と会うために来たようだ。

「どうしたの？」

絵衣子はあずみに訊いた。

「久しぶりね」

あずみはニコリともせず、どちらかというと怒ったような顔をしている。

「何言ってんの？　さっき会ったじゃない」

「ふーん、会ったんだ……」

この子は何を言ってるんだろう。急に頭がおかしくなったのだろうか？

「あんたがさっき会ったのは偽物よ。私が本物」

その言葉に絵衣子は息を呑む。ある意味、〝リアルB子〟の登場より突飛な話だ。

本物と称するあずみは怒ったような顔のまま「ここで立ち話させる気？」と迫ってくる。絵衣子は〝自称・本物のあずみ〟を部屋に入れた。頭がおかしくなったにせよ、友人には違いない。

「もしかしてあなたも会ったの？」

部屋に入るなりあずみは言った。

「会ったって誰と？」

「『私は並行世界から来たもう一人のあなたよ』って言う自分とそっくりの女よ」

「『あなたも』って……」

「やっぱり会ったんだ」

「どういうこと？」

「私も会ったからよ」

「……」

絵衣子は頭の中が真っ白になっていく。B子は自分がいる世界とこの世界はほんの少し違うだけだと言った。だとすると、そこにもう一人のあずみがいても不思議はない。そのもう一人のあずみがB子と同じようにこの世界に来るのもあり得ることだ。とんでもない事実をこれから聞かされようとしている。そんな予感に、絵衣子の口の中がカラカラに乾いてきた。

「つまり、あなたが連載を持つことができたのは、もう一人のあなたのおかげだったの？」

あずみは一瞬キョトンとしたあと、質問の意味を理解したのか、手を横に振りながら言った。

「いやいや、あいつが現れたのは連載を持ったあとだった。それじゃあんた、連載持つとこからもうおんぶに抱っこだったの？」

「うん、まあ……」

絵衣子は「パラレル・パスポート」のアイデアがもう一人の自分のフロッピーディスクに入っていたものだということを話す。

あずみはそれを聞いて笑い出したが、すぐに真顔に戻った。

「人のことを笑える立場じゃないね。私も結局はあの女に頼ったんだから」

「説明、してくれる？」

聞くのが怖いような気もしたが、知らないのはもっと怖い。

「初めて連載を持てたときは、天にも昇るような気持ちだった。これで私も人気漫画家に一直線だって。お金も名声も手にすることができるって。でもそんなに甘いもんじゃなかった。連載を持ったのはいいけど、反響がいまひとつで、コミックスも大して売れなくて、二巻まで出したところで連載も終わりだったの」

それは知ってる。絵衣子はあずみのコミックスが二巻で終わったことでホッとしたのだ。

「次こそはと思ったんだけど、新しいアイデアがなかなか出なくて、企画を出しても横田さんに却下されてばっかりだったし……」

あずみが『横田さん』と言ったことに絵衣子はハッとする。彼女は『横田っち』と呼んでいたはずだ。

「あの頃は先行きの不安だらけだった。そんなとき、あいつが現れたのよ。あんたがさっき会ってた偽物の私」

「現れたって、どんふうに？」

「行きつけのバーで一人で飲んでたの。そしたら横に女が座ってきた。夜なのにサングラスをかけた妙な女だった。ファンならウザいなと思って、適当にあしらおうと思った。でもサングラスを外した顔を見てびっくりしたわ。自分にそっくりだったから」

バーで話しかけるとは、ずいぶんストレートな現れ方だ。B子の捻くれ方とかなり違う。

「私たち、お酒飲んで話したの。並行世界から来たっていう話はなかなか信じられなかった。でも追い返す気にもなれなくて、とりあえずじっくり話してみようと思った。そしたら、けっこう意気投合してね。なにしろもう一人の自分だから話が合ったのよ。アイデアに詰まってることも理解して慰めてくれた」

やっぱりB子とは色々違う。

「そしたらヒントを出してくれてね。私がアイデアに詰まったままだと向こうの世界にも悪影響を与えるらしくて。でもストーリーそのものを教えるのはまずいからって、ほんのヒントだけ」

その点は同じだ。並行世界の間でモノの受け渡しをするのは禁止されているというのは本当らしい。

「それで生まれたのが『LEAP！』だった。そこからの私の快進撃は知ってるよね」

『快進撃』のところであずみは皮肉っぽく笑う。

「あの頃からあなたは私に連絡をくれなくなった。分かるよ。同じラインに立っていた友達が急に調子良く成功したら、あんまり会いたくないよね」

「うん……」

「その間よ。乗っ取られたのは」

「乗っ取るって、どうやって……」

「あいつ、私に言ったの。一度だけ交代してみない？　って。ちょうどそのとき、雑誌のインタビューの予定が入っていたのね。私、そういうのだんだん飽きてきてたから、面倒だなあって言ったら、じゃ、代わりに行ってあげるって。その間、旅行にでも行ってきたらって私に言うの。私、感謝してそのとおりにした。私はゆっくり休みたかったし、入れ替わりを面白がってたところもあった。でもそれが大きな間違いだった」

「何があったの？」

「伊豆の温泉に一泊して、支払いをしようとしたら、カードが使えないのよ。おかしいなって思いながら現金で払って帰ってきた。そしたら今度はマンションの鍵が変わってて中に入れないの。あいつの仕業《しわざ》だった。全部あいつの計画だったのよ。私が温泉に行ってる間に、カードも鍵もみんな新しいのに取り替えられてたし、スマホも使えなくなってた。落としたと言って新しいのに変更されてたの。あいつ、最初から私を乗っ取る計画だったのね」

「そんな。『本物は私だ』って言えばいいじゃない」

殺した相手に成りすますというのはミステリーでよくある話だが、生きている人間を乗っ取るなんてできるのだろうか。

「全ては巧妙に計画されてたわ。私が私だと証明する物は何もない。身分証明も家の鍵もお金も全部向こうの手の中にある。私はただ水田あずみに似てるだけの、誰でもない女になってしまったのよ」

「それでどうしたの？」

「仕方ないから、食べていくためにネットカフェのパソコンで求人サイトを見て、ラブホテルのバイトを見つけたわ。住み込みで、身元の確認なしでも働けるところ。それで当面の生活はなんとかなった。今はイラストの仕事をオンラインで請け負ってる。漫画家・水田あずみの絵に似ないように気をつけながら描いてるの。皮肉なものね。自分の絵に似ないように描くなんて。でも、この暮らしも気楽でいいかもしれないって最近じゃ思い始めてる。マッチングアプリで男と会って、名乗らずにそのままホテルに行くなんてことも気軽にできるしね。自分というものがないと、そういうことが平気になるのよ」

「でも、もう一人のあなたは、どうして乗っ取りなんかしたの？」

「詳しくは分からないけど、元の世界でまずいことが起こってるんじゃないかな。ネットで色々調べてたら、同じようなことがあちこちで起こってるみたいなの」

「えっ、乗っ取りが？」

「そう。都市伝説として片付けられてるけど」

絵衣子はゾッとした。世界のあちこちで、自分が乗っ取られるということが起こっているなんて。

絵衣子の反応に、あずみがニヤリと笑う。

「あなたも気をつけなさいよ」

「B子が、私を乗っ取るって？」

「B子っていうんだ」

あずみは笑みを浮かべたままそうつぶやくと続けた。

「そういうこと。気をつけてね。今も乗っ取りを着々と準備してるかもよ」

自分が乗っ取られる。あまりにも突拍子もない話で、すぐには受け止めることができなかった。しかしジワリとあり得るかもしれないという恐怖が浮かぶ。今の絵衣子は乗っ取る価値がある存在だ。人気漫画家としての地位と収入。B子が元からその目的で絵衣子に近づいて、絵衣子に色々教えて人気漫画家まで押し上げ、それが出来上がったところで満を持して乗っ取る。まるで家畜を肥え太らせてから食べるようなものだ。家畜は美味しい餌《えさ》を与えられて喜んでいるが、いずれは食べられる運命なのだ。

「でも、どうして私にも同じことが起こってるって思うの？」

「そうじゃないかと思ったのよ。だってこのところのあなた、上手く行き過ぎだもん。前会った頃は、あんな才能がある人には見えなかった」

その言葉に絵衣子は反論できなかった。

「お前が言うなって？　ホントそうよね」

あずみが自虐的な笑みを浮かべる。

絵衣子の心にどす黒い不安が込み上げた。自分が乗っ取られる不安。自分が自分でなくなってしまう恐怖。常識では起こりえない状況だけに、こんな感情は人生で初めて感じるものだ。

「それを警告するためにわざわざ来てくれたの？」

「まあそうよ。こんな惨めな思いをする人間がこれ以上出ないようにね」

あずみはそんな親切な人間だっただろうか。何か他の目的があるのではと勘繰《かんぐ》ってしまう。

「じゃ、帰るね」

「今の連絡先は？　ＬＩＮＥ交換できる？」

この話が本当なら、絵衣子が知っているあずみの連絡先は偽物のものだ。ここにいる本物のほうの連絡先を聞いておきたかった。これからも情報を共有できるかもしれない。

「それは無理」

「なんで？」

「傷を舐め合うつもりはないわ」

「でも協力すれば良い方向に向かうかも」

「無理よ。あんたはともかく私は。ああ、私はなんでこんなことしてるんだろう！　好きでもない相手のために。いい？　負けたら承知しないからね」

あずみは支離滅裂なことを言って玄関に向かう。そして振り向きもせずに出ていった。

ドアが閉まったあとも絵衣子はぼんやりと座っていた。

一人になって少し落ち着くと、いま聞いた話の現実感が急に萎《しぼ》んでいくのを感じる。さっき来たのはやはり一人しかいないあずみで、自分にドッキリを仕掛けるために来たのではないかという疑いが湧いた。外であずみは『絵衣子ちゃんたらすぐ引っかかるんだから〜』と笑っているのではないか。

しかしその想像はすぐに消える。さっきあずみが話したことは、自分とB子のことにあまりにも符合し過ぎる。とりあえずあずみが言ったことが本当だと信じておいたほうがいいだろう。

そう言えば前に洋平が差し入れに来たとき、B子は『私が代わりにデートしてあげようか』と言っていた。あのとき絵衣子が頷いていたらどうなっていたのだろうか。

しかしあずみの話を信じるとして、どうすればいいというのか。絵衣子は途方に暮れた。B子が自分と入れ替わることを画策しているとして、その魔の手はどこから襲ってくるのか予測がつかない。どうやって自分を守っていいのか見当がつかなかった。

とりあえず自分の身分を証明する物をテーブルの上に出す。保険証、クレジットカード、キャッシュカード、スマホ、マンションの鍵。今のところは何も失ってはいない。いつもは気にも留めずにバッグや財布に入れてある物だ。これらを絶対奪われないようにしなければ。

そこで洋平の顔が頭に浮かんだ。そうだ、彼に相談しよう。情報を共有してくれる人がいるほうがいい。そう言えばそろそろ洋平が来る時間だ。時計を見ると約束の時間を過ぎている。

どうしたのだろうと思いながら絵衣子はスマホを見たが、洋平から着信もＬＩＮＥも入っていない。

『家で待ってます。何時頃になる？』絵衣子は洋平にＬＩＮＥする。

しかし、しばらく待っても既読にならない。仕事の打ち合わせでもしていれば一時間やそこら既読にならなくても不思議ではない。しかし約束の時間に遅れているのに連絡がないのはおかしい。打ち合わせが延びているのなら、そのことを連絡してくるはずだ。胸騒ぎがしてくる。居ても立ってもいられなくなり、絵衣子は部屋を出た。しかし絵衣子は洋平の部屋を知らない。どうしようと思いながらとりあえず駅に向かって歩く。歩いているうちに連絡が入るかもしれない。

住宅街を歩いていると、公園が目に入った。こんな所に公園があっただろうかと思ったが、駅に行く近道のような気がして中に入る。

入ってみると、意外に広い公園だ。遊具のある一角と、こんもりとした林もあった。子どもたちが遊んでいる一方で老夫婦が散歩している。近所の人の憩いの場になっているのだろう。公園の向こうに抜ける出口が見える。絵衣子は通り抜けようと歩いていった、そのときだ。洋平の姿がチラリと目の端に見えた気がした。来てくれたんだ。喜びが湧く。もう一度そちらを見る。しかし洋平の姿は一瞬で見えなくなっていた。気のせいだったのだろうか。公園の一角に木々が生い茂っている所がある。木々の間に洋平がいる気がして絵衣子は足を進めた。

いた。やはり洋平だ。絵衣子の心に一気に温かいものが広がる。絵衣子は洋平のほうに歩きながら、笑みが湧くのを感じた。

ところが、洋平の前に誰かがいるのが見えた。木の陰に誰かがいて洋平と話しているようだ。洋平は真顔で聞いている。

とたんに絵衣子は不安になる。よく見ようとさらに近づくと、相手の姿が見えた。

その人物はよく知っている。B子だった。

絵衣子は思わず立ち止まる。一瞬何が起こっているのか分からなかった。もしかして似ている誰かかもしれないと思ってよく見たが、やはり紛れもないB子だ。B子を見たのは、部屋で最後のストーリー指南を受けて以来のことだった。

洋平とB子はすぐ近くに真顔を突き合わせるようにして話していた。初めて会ったという感じではない。かなり打ち解けた男女の距離感だ。絵衣子はどうしたらいいか分からず立ち尽くしてしまう。近づいて、どうして二人が知り合いなのかと詰問するか？　それではまるで恋人の浮気現場を見つけた女のようではないか。親しくはなっていたけど、絵衣子と洋平はまだそんな関係ではない。

そのとき、絵衣子をまったく別の不安が襲った。さっきあずみが話した内容が蘇《よみがえ》ったのだ。もう一人の自分が私の人生を乗っ取ろうとしている。もしそれが本当なら、乗っ取る対象には絵衣子と洋平との関係も含まれているはずだ。

絵衣子はたまらず、二人に近づこうとした。B子に訊けばいいのだ。『私を乗っ取るつもりなのか』と。今なら阻止できるかもしれない。胸騒ぎがしてここまで来たのは正解だったのだ。

そのとき絵衣子の視界の中で、B子と洋平がキスをした。二人はしっかりと抱き合っている。

どちらかが一方的にキスをしたのでない。お互いの気持ちが通じ合うキスだ。

「そんな……」

絵衣子の口から言葉が漏れた。足がなかなか前に進まない。夢の中にいるようだ。フワフワと空間が歪《ゆが》んだような気がする。そして地面が急に起き上がって絵衣子の頭を殴った。いや、違う。絵衣子が地面に倒れたのだった。なぜ倒れたのだろう。何かに躓《つまず》いたのか？　絵衣子は立ち上がろうとしたが、手は宙を漂うだけだった。

やがて視界が暗くなる。向こうにいるB子と洋平が絵衣子のほうを向いている気がする。その目は冷たく絵衣子を見つめていた。

15

絵衣子は目を覚ました。殺風景な白い天井が見える。自分はたぶん病院のベッドに横たわっているのだろうと思った。たぶんというのは、天井しか見えておらず確証がなかったからだ。

絵衣子は少し身体を横に向けて、周囲をもっと見ようとした。しかし身体が動かない。今までの人生で疲れて身体が怠《だる》いということはあったが、まったく動かないことなどはなかった。そんなはずはないという思いで、もう一度身体を動かそうと試みる。ところがピクリとも動かない。もしかして拘束着《こうそくぎ》のような物でも着せられているのかと思ったが、身体が何かに縛られているような感触はない。ただ力が入らないのだ。絵衣子は藻掻《もが》こうとしたが、その指令は身体に伝わらない。焦りが込み上げてきたので誰かを呼ぼうと思った。

しかし声を出すこともできなかった。絶望感が絵衣子を襲う。公園で倒れたときに打ち所が悪かったのだろうか。全身麻痺とでもいうような状態になってしまったのだろうか。

B子と洋平がキスをする光景が脳裏に蘇った。公園で倒れる瞬間までの記憶ははっきりしている。脳はちゃんと働いているようだ。でも、今は彼らのキスのことなど気にしている余裕はない。それより自分のことだ。身体が動かせず声も出せないとなると、自分からはなんのメッセージも発信できない。看護師か誰かが来てくれるのを待つしかないのだろうか。

そのとき、近くに人の気配がした。足音からして女のようだ。看護師だろうか。こんな状態でどうやって意思を伝えたらいいのだろう。目の動きでイエスかノーかを伝えたりするのだろうか。そんなことを瞬間的に考える。

ところが、絵衣子の視界に入ってきたのは看護師ではなかった。B子だ。

「あ、目が覚めた？」

B子はベッドの上に身を乗り出すようにして絵衣子の顔を覗き込んでくる。勝ち誇ったような笑顔だ。後ろにもう一人誰かが来る。男の足音だ。

「目、覚ましたよ」

B子がその人物に言う。顔がB子の横に現れた。それは洋平だった。そこに笑顔はない。全ての感情を失ったような虚《うつ》ろな表情だ。

絵衣子は呼びかけようとしたが声が出ない。心の中で必死に『助けて』と呼びかけた。

「ごめん……」

すると洋平が言った。助けることはできないという謝罪だ。まるで絵衣子の心の声が聞こえたかのようだ。絵衣子は絶望で気が遠くなる。いや、落ち着かなければ。少しでも希望があればしがみつくのだ。

「この人は私にずっと協力してくれてたのよ」

そこでB子が口にする。その言葉は、希望なんてないという事実を告げた。

「あなた、この人と会ったのが偶然だと思ってた？　最初にコンビニで声をかけたのも、フロッピーを渡したのも計画だったの。USBメモリーじゃなくてフロッピーっていうのが、いかにも謎めいた感じで良かったでしょ？　あなたはまんまと嵌ったわけ」

では洋平が絵衣子に示してくれた好意は全部偽りだったというのか。

「あなたはけっこうこの人に惹かれてたみたいだけど、残念でした。全部芝居だったのよ」

絵衣子の心を見透かしたようにB子が言った。洋平は視線を逸らす。

「あなたは私の計画どおり、フロッピーの中にあったメモを基にして漫画を描いた。編集部のOKが出て、連載が評判になるのは分かってたわ。それは私の世界でも起こったことだったから。でもあなたがあんなにすぐにストーリーに詰まるとは思ってなかった。それは計算違い。だから仕方なく私があなたの前に現れて、ストーリー創りを教えてあげたのよ。まったく苦労したわ。すでに創ってあるストーリーを教えてあげられたらどんなに楽かと思った。でもそれはできなかった。世界がおかしくなってしまったら困るからね」

B子の声にはエコーがかかっていた。病室かと思ったが、もっと広い部屋なのかもしれない。

「でもまあ、結果オーライって感じ？　入れ替わるのにちょうど良い頃合いかな？」

やはり入れ替わるつもりか。『そんなことはさせない』と叫びたかったが声が出ない。

「なぜこんなことをするか、教えてあげましょうか。私が住む世界では、何年か前から致死性の高いウイルスによるパンデミックが起こって、たくさんの人が死んだの。今もウイルスは変異を繰り返していて止める方法がない。生き残る唯一の解決法は並行世界に行ってもう一人の自分の人生を乗っ取ること。でもそれにはかなりの周到な計画が必要よ。それに乗っ取る相手はそれなりに充実した人生を歩んでくれてなきゃね。どん底の暮らしをしてる人と入れ替わっても仕方ないもの。でもね、私たちの世界でいまいちな暮らしをしてる人は、大抵別の世界でもいまいちなの。だからそういう人は並行世界に行ってもう一人の自分の人生を乗っ取ろうなんてこと自体、発想しないのよ。その点あなたは成功したくて藻掻いてた。手伝いをしてあげれば、あと少しで成功できるとこまで来てた。だから入れ替わる価値があったのよ。これまで頑張ってくれてありがとう。ご苦労様」

絵衣子はあまりの悔しさで涙が出た。B子はにっこり笑うと、絵衣子の頬を片手で撫でてくる。ひんやりして冷たい手だった。もう一人の自分でも体温は違うようだ。

「あ、身体は麻痺してても涙を流すことはできるのね」

B子は面白そうに言った。

「保険証やクレジットカードが入った財布はいただくわ。もうあなたの身元を証明する物は何もない。あなたは身元不明の行き倒れ人。私たちは倒れているあなたのために救急車を呼んであげた親切な第三者、無関係の人間よ。名無しの権兵衛さん、そろそろ失礼するわね」

B子が視界から消える。洋平だけがまだ目の端にいた。同情するような目で絵衣子を見ている。

絵衣子は洋平を見返した。たぶん縋るような哀れっぽい目だろう。もう洋平だけが絵衣子の頼みの綱なのだ。『あなたはB子に操られてるのよ。目を覚まして』と伝えたかった。

しかし、洋平は暗い表情のまま言った。

「ごめんね。君と話してるときは楽しかったよ。でも彼女を裏切ることはできないんだ」

裏切ることはできない？　どういう意味だろう。

「彼女の世界にいるもう一人の俺は交通事故で死んだ。彼女は俺が事故を起こす前にそのことを知らせて助けてくれた。最初はそんな話、信じなかったけど、どうやら事実らしいんだ。彼女がいなければ俺はこうして生きていなかった。命の恩人を裏切るわけにはいかないんだよ」

向こうから「何話してるの？　早く」とB子が呼ぶ声が聞こえてくる。

「行くよ。じゃあね」

洋平はそれだけ言って視界から消えた。絵衣子の目には蛍光灯に照らされた白い天井しか見えなくなった。だんだん蛍光灯の明かりが滲《にじ》む。涙が止まらなかった。

このまま朽ち果てるまでここで無為に過ごすしかないんだ。どうしてこんなことになったんだろう。あのとき洋平から渡されたフロッピーの中を見なければ。見たとしてもアイデアを盗用しなければ。いや、そもそも漫画家になる夢をもっと早く諦めていれば。絵衣子は本当の絶望ということを初めて知った。

16

絵衣子は目を覚ました。いつの間にか眠ってしまったのだろうか。さっきと同じ白い天井が見えた。いや、少し違っている。周囲がカーテンで囲まれている。そして病院特有の臭い。病院の四人部屋か六人部屋にいるようだ。母の見舞いで病院には慣れているので、カーテンを見たとたんに病室だと分かったのだ。さっきは天井しか見えなかった。こんなふうにカーテンで囲まれていれば目に入ったはずだ。やはりさっきの部屋は病院ではなかったのだ。それにさっきはこの病院特有の臭いがしなかった。絵衣子は状況を確認しようと、無意識に首を動かそうとした。

動く。首が動く。

絵衣子は他のところも試そうと、指に力を入れてみた。やはり動く。絵衣子はゆっくりと身を起こした。

カードを入れて観るテレビや食事をするときに使う移動式のテーブルがある。なんの変哲もない病院だ。枕の上には酸素を供給するバルブやナースコールのコードがあり、『松村絵衣子様』と書かれた札が下がっていた。

絵衣子は入院着を着せられていた。腕にはバーコードが印刷されたリストバンドが巻かれている。カーテンが閉まっているので他のベッドに入院患者がいるのかどうかは分からない。テーブルの上に着ていた服が畳まれており、近くにバッグが置いてある。絵衣子は慌ててバッグを取った。中に財布がある。開いてみると、保険証やクレジットカードがちゃんと仕舞われている。絵衣子に安堵が広がった。自分を証明する物があれば安心だ。

絵衣子は首をグルグル回したり、足をバタバタしたりしてみたが、どれも普通に動く。身体が動くという普通のことがこんなに嬉しいなんて。

どうやらさっきのは夢だったらしい。でも、なぜ自分が病院に運び込まれたのかはまだ定かではない。あのときB子と洋平のキスを見て、気が遠くなって、それから病院に運ばれたのだろうか。誰の手で？

そのとき足音がして誰かが近づいてくる気配がした。そして勢い良くカーテンが開けられる。

そこには洋平と田島がいた。

「よう、起きたか」

と田島。

「良かった」

続けて洋平がホッとしたように言う。

絵衣子は再び混乱した。自分の記憶の中では洋平と田島は面識がないはずだからだ。もしかして田島までグルだったのか？　二人は病室のドアの側に立っているので、絵衣子に逃げ道はない。男二人と格闘して逃げる自信はなかった。

「一時はどうなることかと思ったよ」

「マジ、心配したよ」

再び田島に続いて洋平が言う。二人とも爽やかな顔だ。

「私、よく覚えてなくて……」

「君の部屋に行く途中、君が道で倒れてるのを見つけたんだよ。慌てて救急車呼んだんだ」

洋平が説明してくれる。

「そうなんだ……」

絵衣子はB子のことを訊こうかどうか迷った。

そのとき男性医師が入ってきた。

「彼女が目を覚ましました」

「おー、よかった」

田島の言葉に医者はそう言って絵衣子に近づくと、絵衣子の手首を取って脈を測った。四十歳くらいの真面目そうな医者だ。

「もう正常ですね。松村さん、過労ですよ。点滴は打っておきましたから、少し休んだら帰ってもらってかまいません」

「ありがとうございます」

絵衣子は横になったまま、上半身を起こした状態で頭を下げる。

「『パラレル・パスポート』の作者さんなんですってね。読んでますよ。早く元気になって続きを描いてください。楽しみにしてます」

医者はそう言って出ていった。

「いやー、ここで長いこと寝込まれたら連載どうなるかと思った」

医者を見送り田島が笑いながら言う。

「そこですか」

洋平も笑った。

「二人はいつから知り合いだったの？」

二人の親し気な様子を見て、絵衣子はおずおずと訊いた。

「何言ってんだ。ついさっき初めて会ったんだよ」

田島が言う。

「俺から連絡したんだ。君の担当は文明堂出版の田島さんていう人だって聞いてたから」

「君にこんな彼氏がいたなんて知らなかったよ」

「あ、いや、彼氏かどうかは……」

洋平が照れたようにつぶやく。

それを聞き、やはりさっきのは夢だったと、絵衣子の心に再び大きな安堵が広がる。

すると笑いが込み上げてきた。

「何がおかしいの？」

洋平がキョトンとした顔をしている。

「目が覚めたら病院に居たっていうのが初めての体験で。しかも洋平君と田島さんが一緒にいるし」

さらに声に出して笑う。

「それのどこがおかしいんだよ」

田島が苦笑しながら言った。

田島は絵衣子に「もう少しゆっくりしていろ」と言い洋平と雑談を再開する。洋平が「ところでさっきの話ってホントですか？」と訊き、田島が「オフレコだけど、もっと詳しく話そうか」と返して盛り上がっている。

やがて二人は、ここで話すと他の患者さんに迷惑だからと、同じフロアのデイルームに行こうという話になった。絵衣子はまだ見ていないが、自由に話したり飲食できたりするスペースがあるらしい。

洋平がカーテンを閉めると、二人が出ていく足音が聞こえた。

あたりがシーンと静かになる。この病室に何人患者がいるのだろう。カーテン一枚を隔てたベッドの上にいるかもしれない人の存在がひどく不確かなものに感じられる。カーテンを開けさえすれば、いるのかいないのか、いるとしたらどんな人かが分かる。しかしカーテンが閉められている限りは、そこに人がいるのかどうかも分からないのだ。たったカーテン一枚なのに。

絵衣子は前に本で読んだ『シュレディンガーの猫』を思い出した。まず箱の中に猫を入れて一定の確率で毒ガスを放出する装置を取り付ける。猫が生きているか死んでいるかは、箱を開けるまで分からない。では猫が死んでいるか生きているかはいつ決定されるのか。箱を開ける一瞬前までは結果が決定されないまま生きた猫と死んだ猫が重なり合って存在しているのではないか。『観測するまで素粒子の状態は確定しない』という量子力学の考え方を説明する思考実験だ。

もし現実がそれと同じだとすると、カーテンの向こうに人がいるかどうかは、カーテンを開ける瞬間までは決定されていないのだろうか。カーテンの向こうの世界がひどく不確かないい加減な世界のような気がした。絵衣子が体験したことも同じだ。どれが現実でどれが夢かなんて、何をもってして決定できるというのだろう。

絵衣子は次第に不安になってくる。

さっきB子に『あなたを乗っ取る』と言われたのが夢だったのは確かだ。そうだとして、いったいどこからが夢だったのか？

絵衣子を訪ねてきた本物のあずみは？　洋平とB子が公園でキスしていたことは？　絵衣子が倒れて救急車を呼ばれたのは、どの時点だったのだろう。

分からなかった。しかしそれらが全部本当だとしたら、ずいぶん長くはっきりした夢だということになる。絵衣子はいまだかつてそんな夢を見たことがなかった。

できれば、本物のあずみが現れたところから全部夢であってほしかった。絵衣子はそれぞれの記憶を手繰り寄せて、夢だったという証拠がないか探す。

まず絵衣子はバッグからスマホを出して、『パラレル・パスポート』で検索してみた。第四話が掲載された九月号が発売されており、第五話が掲載される十月号の予告が出ている。そこまでは現実に違いないようだ。

メールソフトで、過去のメールを見てみる。絵衣子が田島にヒカルが登場する案を送り、田島からOKの返事が来たのも現実だった。これらは絵衣子のいる世界を確かなものにする安心材料だ。

絵衣子はそのあとのことを夢か現実か確定できる材料がないか考える。そして思いついた。B子と洋平がキスしているのを見た公園。絵衣子は初めて行く公園だった。あの公園は本当に存在するのだろうか。もし存在しないとしたら……

絵衣子はその日のうちに退院した。洋平が絵衣子を家までタクシーで送ってくれると言う。タクシー代は田島が経費で落としてくれると言った。

タクシーの中で二人になると「彼氏って言われちゃったよ」と、洋平はふと思い出したように笑う。絵衣子が好きな、いつもの笑顔だった。

絵衣子は何もかも訊いてしまいたいと思った。B子と会ったのか、キスをしたのか。訊くのは簡単なことだが怖い。

しばらく考えたあと、絵衣子は「あの……」と口を開いた。

洋平が絵衣子を見る。

「私が倒れてるのを、どうやって見つけたの？」

「今日会う予定だったろ。家の前まで行ったら倒れてる女の子がいると思って駆け寄ったら君だからびっくりしたよ」

洋平の話は、結果としてB子と会ったことを否定していた。

その後はあまり突っ込んだ話ができないまま、洋平は絵衣子を家に送り届けると「ゆっくり休んで」と言って帰っていった。部屋に入ろうとはしない。「ありがとう」と絵衣子は洋平を見送った。

しかし絵衣子はゆっくり休んではいられなかった。一度部屋に入り、少し時間を置いてから再び外に出る。あの公園を探すためだ。

絵衣子はアパートから駅に向かう。だいたいこのへんだったと見当をつけて見回すが、公園は見つからない。スマホの地図を見ながらあたりを歩いた。あのとき、このへんで曲がったのかもしれない。そう思いながらあたりをグルグル歩き回る。それでもやはり見あたらない。あったのは小さい児童公園だけだった。このへんにあんなに大きい公園はない。やはりあれは夢だったのだ。絵衣子は安堵のあまり力が抜ける。

家に戻ろうと歩き始める。安心したせいで足取りが軽い。そのうち、妙な感覚が絵衣子を捉え始めた。あれがいま絵衣子がいる現実とは別のものだということははっきりした。しかしそのことが果たして、今いる世界が本当の世界という証明になるのだろうか。

『胡蝶の夢』という話のことをまた思い出す。蝶の夢を見ている人間と、人間の夢を見ている蝶。コインには表と裏がある。どちらが本物でも偽物でもない。人間の存在と蝶の存在も表と裏として存在しているだけで、どちらも本当なのでは。そう考えると、あの公園でB子と洋平がキスをしていた世界が夢とか嘘などと断定することができなくなってくる気がする。あの世界はあの世界でどこかに存在しているのではないか？　絵衣子は一時的にあの世界に行って戻ってきたのではないか？　では偽の水田あずみがいる世界はどうなのか。本物のあずみは、B子が絵衣子の存在を乗っ取ろうとしているかもしれないと言った。あの現実もあれはあれで存在するとしたら？　だって並行世界から来たもう一人の自分、B子は確かに存在するのだ。双子説が否定されたことで、B子が並行世界から来たということを信じるしかなくなっているのだから。

絵衣子は頭を絞って別の可能性を考えてみる。例えば、B子が実は絵衣子の意識の中にしか存在しないということがあるだろうか。声だけで存在したイマジナリーフレンドのB子が、姿を伴って現れたのだ。つまりB子は絵衣子の妄想の産物ということだ。妄想の存在が、自分の存在に説得力を持たせるために並行世界から来たと嘘を言ったのでは……　絵衣子の中でどんどん想像が膨らんでいく。

そこまで考えて、絵衣子はふと思い直す。B子が絵衣子の妄想の産物なら、妄想がストーリーの創り方を教えることができるだろうか。妄想の中の人物が、妄想の主がよく分かっていないことを教えることなんて不可能な気がする。それが成立するとしたら、ストーリーはB子に教えられなくてもともと絵衣子の頭の中にあったということになってしまう。

何が本当で何が嘘なのかさっぱり分からない。考えは堂々巡りして結論に至ることはなかった。

17

それからしばらく、絵衣子は穏やかな日々を過ごした。朝、窓を開けると冷たい空気が流れ込んでくる。いつの間にか、絵衣子が一番好きな季節になっていた。

絵衣子は「パラレル・パスポート」の続きを描く作業に集中した。次の回の作画と、先々のストーリーを考える作業を並行して進めていく。ふと気づくと、絵衣子は普通にストーリーを創り出すことができるようになっていた。以前の自分があんなにストーリーができないで苦しんでいたのが嘘のようだ。もちろん、全然苦労しないということではない。ストーリー創りはそう簡単なことではない。苦心しながら創っていくものだ。しかし今の絵衣子は苦心しながらもストーリー創りが進んでいくことを知っていた。

絵衣子がそんなふうになれたのは、明らかにB子のおかげだ。B子の出現によって大きく自分の人生が変わった。絵衣子は自分の中にB子への感謝の念があることに気づいた。

同時に絵衣子は確信した。絵衣子が分かっていなかったストーリー創りをB子が教えたということは、B子と絵衣子は切り離された存在だ。並行世界から来たのかどうかは別としても、B子が客観的にこの世界に存在したのは紛れもない事実なのだ。

そんなことを考えながら、絵衣子は漫画を描く作業を続けた。


そんなある日、スマホが鳴った。表示を見ると田島からだ。まだ原稿の締め切りの時期ではないのだけどなんだろう。そう思いながら電話に出る。

「あ、田島です」声に少し緊張がある。絵衣子が黙っていると田島が続けた。

「ちょっと問題が発生した。『パラレル・パスポート』に盗作疑惑が出てる」

「えっ⁉」

田島の言葉に、絵衣子は心底驚いた。「パラレル・パスポート」の基になるアイデアは並行世界から来たB子が考えたものだ。他の人間が関与するはずがない。

「ど、どういうことですか？」

絵衣子は震える声で問い質す。

「大河内《おおこうち》晴美《はるみ》っていう漫画家知ってるか？」

「知りません」

「本当に？」

「はい」

絵衣子は本当に聞いたことのない名前だった。珍しい名前なので、聞いたことがあれば覚えているだろう。

「私がその人の漫画を盗作したっていうんですか？」

「そう。その大河内って人が昔描いた作品と『パラレル・パスポート』がよく似てるっていうんだ。ネットで誰かが言い出して、広まってるらしい」

「なんていう漫画ですか？」

「『並行遊戯』という作品だ」

「聞いたことありません」

「十年ほど前に同人誌で発表された作品らしい。その後、ＳＦ漫画のアンソロジーに入れられた。それももう絶版になってるけど」

絵衣子はスマホを片手に、パソコンで『パラレル・パスポート』『盗作』で検索してみる。そのワードで検索するのは久しぶりだ。

すぐに『「パラレル・パスポート」は盗作？ 同人誌作品に酷似』という見出しの記事が出てくる。同様の記事がいくつも並んでいる。中には絵衣子の写真まで出ているものもある。ネットのインタビューを受けたときに撮られた写真が流用されている。絵衣子はこの写真をあまり気に入っていなかった。

「主人公がパラレル・ワールドを移動すること、そのために通行証を使用すること、主人公を指南するキャラが登場することなんかが同じみたいだ」

「そんな。盗作なんてしてません」

絵衣子は絞り出すように言った。

「本当に知らないのか？　昔読んだけど忘れたってこともあり得るからな」

絵衣子はもう一度記憶を探ったが、大河内晴美という漫画家も『並行遊戯』という作品もまったく記憶にない。「パラレル・パスポート」のアイデアは並行世界から来たB子からもらったものだから、大河内という人のものであるはずがないと言いたかったが、それはさすがに言えない。

「偶然です……」

「そうか……分かった。本当に偶然似ただけなら、何を言われてもそれで押し通すべきだな。編集長にはそう伝えておく」

田島はそれだけ言うと電話を切った。

絵衣子はそのあとさらに検索結果を見てみた。世間ではこの盗作問題は思った以上に騒ぎになっているらしい。〝炎上〟と言っていい状態だった。絵衣子があの太田幸助の娘であることを誰かが突き止め、暴露されている。『父がやった盗作を娘も!?』ということが騒ぎに火を点けたのだ。

絵衣子の心がチクチクと痛む。自分が太田幸助の娘だと世間に明かされるのは、もっと晴れがましい理由であってほしかった。父も同じような思いをしたのだろうか。いや、あのときはSNSというものはなかった。

『そういう遺伝子なのかな』

『盗作のノウハウも父から学んだのかｗｗｗ』

『親子揃ってクズ』

SNSには、ひどい言葉が無数に並んでいる。絵衣子は慌ててスマホを置いた。

18

その日、絵衣子は洋平とカフェで待ち合わせて会った。洋平が心配して連絡をくれたのだ。

「ネットはあんまり見ないほうがいいよ」と洋平が言ってくれる。

「うん。分かってる」

絵衣子は手にしていたスマホをバッグに仕舞った。

しかし気持ちは少しも楽にならなかった。自分が見ないうちにも〝炎上〟がどんどん広がっていると思うと息が苦しくなる。『気にしなければいい』などというのは気休めに過ぎない。

コーヒーを飲んで、美味しいと思えるのはほんの一瞬で、一秒後には自分はいま炎上中なんだという苦しさが蘇ってくる。

多くの人が自分に怒り、憎んでいるという感覚が心にのしかかる。店の中の人がみんな心の中で自分を批判しているような気がした。

絵衣子の顔が世間ではあまり知られていないのがせめてもの救いだった。以前あずみと対談したときに雑誌に写真が出ている。それがネットの記事としても転載されたが、日本人全体からすればそれを見た人など一握りだ。

「まあ、今は苦しいかもしれないけど、きっと田島さんが解決してくれるよ。それに、炎上に実際に加担してる人間て実は数少なくて、ほとんどの人は無関心らしいよ」

「うん。ありがとう」

「これ食いなよ」

洋平が鞄からリンゴをひとつ出してカフェのテーブルに置いた。どう慰めていいか分からずに苦し紛れにしたのだろう。思わず笑みが零《こぼ》れる。洋平もちょっとホッとしたように笑った。状況は何も変わっていないのに、今は笑っている。

そこで絵衣子のスマホが鳴った。表示を見ると田島からだ。絵衣子は緊張しながら電話に出る。

『会社で話した。なんとかなりそうだ』

聞こえてきた田島の声は明るかった。

「なんとかなりそうって、どういうことですか？」

それを聞いた洋平も身を乗り出している。

『会社の法務部から大河内晴美さんに連絡を取ったんだ。話をした結果、一定の金額を払うことで「偶然似た」ってことで話がついたんだよ』

「本当ですか？」

金を払うというのが少し気になったが、解決するのは嬉しいことだ。

『大河内って人はそんなに売れたことのない人だし、今はほとんど引退状態だ。今回の件で名前が売れた。その上金が貰えるなら、文句はないみたいだ。会社の法務部もそれで問題ないという見解だ』

「そうですか……」

やはりスッキリしなかった。実際は大河内の作品を盗作などしていないのに、それでは盗作を認めるというのに近い。

『それで、明日記者会見をすることになったから』

「え、誰が？」

『何言ってんの。君がだよ』

「えっ、私が記者会見!?」

目の前の洋平もそれを聞いてポカンとしている。

『そうだよ。今回の経緯と、真相はこうでしたって。いや、だいたいのことは俺が話すから、君は補足的にマスコミの質問に答えてくれたらいい』

「記者会見なんかしたらかえって大事になりません？」

『いや、むしろ逆手に取って宣伝にしようっていうのが会社の考えなんだ』

「無理です。私、人前で話すの苦手なんで」

『俺だってこんなの初めてだよ。なんとかなるだろ。想定問答集作ってやるから』

「でも……」

『じゃ、会場押さえて時間と場所連絡するから』

「田島さん、なんて？」

そう言うと田島は一方的に電話を切ってしまった。

聞き耳を立てていたが、状況をよく理解できなかったらしい。洋平に訊かれたので、絵衣子は今聞いたことを簡単に説明する。

するると洋平の顔が明るくなった。

「良かったじゃないか！」

「うん……」

しかし絵衣子はまだピンと来ない。そんなに喜ぶようなことなのか。

「分かるよ。ホントは盗作なんかしてないのに金を払うなんて。でも会社がそう判断したんなら、乗っかったほうがいいんじゃないか」

「うん……」

洋平の言うとおりなのだろう。絵衣子は自分を納得させようとする。

「でも記者会見なんて……」

「田島さんに任せれば大丈夫なんじゃないの？」

「全国的に顔を晒すんだよ」

「顔ならこれまでもネットの記事に出てるし」

「見る人間の数が全然違うよ」

メイクとかちゃんとしてくれるんだろうか、と変なことが気になった。そんなことを気にする自分がおかしくて、ちょっと笑ってしまう。

「どうしたの？」その笑顔を見た洋平が聞いた。

「とにかくやってみる」

「頑張れ」

絵衣子が言うと、洋平がそっと手を重ねてくる。絵衣子の心に温かいものが流れてきた。絵衣子も手を握り返した。

「ね、うちに来て」

躊躇《ためら》いなく絵衣子は誘う。

「いいよ」

洋平もごく普通の口調で答えた。

部屋に入るなり、絵衣子と洋平は抱き合った。そしてキスをした。そうしようと二人とも心を決めていた。キスが温かかった。

その後二人はいったん身体を離す。ここから先のことはまだ考えていなかった。

「コーヒーでも淹れようか」

照れ臭くて、絵衣子はキッチンに向かった。

「うん。お願い」

洋平も同じように照れていたらしい。絵衣子を追って抱き締めたりはしなかった。

絵衣子は普段あまり使わないドリップコーヒーを淹れ始めた。この数分の時間がありがたい。

洋平は本棚を覗き込んでいる。人の部屋を訪ねたときのよくある行動だ。

「あ、『アンドロイドV』がある」

洋平は石森章太郎の古い作品を取り出して言う。元は父の本棚にあったものだ。

「あんまり知られてないけど、好きなんだ」

コーヒーを淹れながら絵衣子は言った。

洋平は『アンドロイドV』をパラパラと見て本棚に戻すと、他も物色し始めた。人が自分の本棚を楽しそうに見ているのは嬉しいものだ。特にそれが好きな異性なら。

「これは何？」

そこで洋平が言った。なぜかその声が少し震えている。

「うん？」

ちょうどコーヒーがはいったところだったが、絵衣子はカップを置いたまま洋平がいる本棚の前に行った。

洋平の手には一冊の冊子が握られている。表紙には見覚えがない。ここにある本はほとんどが何度も読んだ物なので表紙に見覚えがないというのは珍しい。絵衣子は洋平に近づき、彼の手にある冊子に顔を近づけた。

『蒼天　大河内晴美作品集』

表紙にはそう書いてある。

血の気が引いた。

絵衣子は洋平の手からその冊子を取る。同人誌らしく、やや安手な印刷だ。中を開いてみると、大河内晴美の短編がいくつか収められている。ちょっと毒々しい絵柄が特徴的である。目次を見ると、何本かある中に『並行遊戯』というタイトルが見えた。見間違いであってほしかったが、何度見直してもその文字は消えなかった。

「なんで？」

「分からない……」

洋平が呆然としたように訊いてくる。

絵衣子は本当に分からなかった。なぜこんな物が自分の本棚にあるのだろう。

「なんで……そんなわけない……」

「前から持ってたんじゃないの？」

洋平の問いに、絵衣子は必死に首を横に振った。

「読んだのに、忘れてたんじゃないの？　無意識に覚えてて、それで『パラレル・パスポート』を……」

「違う！　そんなはずない！」

「責めてるんじゃない。君のせいじゃないよ。人の記憶なんて曖昧なものなんだから」

「違う。ホントに違うの。だって……」

「だって？」

「じゃあ、B子の存在はなんなのよ!?」

「B子？」

「あの女よ」

「君とそっくりな、あの女のこと？」

絵衣子は頷いた。

「『パラレル・パスポート』はB子のフロッピーディスクの中にあったアイデアを基にして描いたものだっていうことは前に話したでしょ」

「確かに聞いたけど……」

「だったら、あの作品が大河内って人の作品を盗作したんじゃないってことは信じてくれていいんじゃないの？」

「疑うわけじゃないけど……」

洋平も困った顔をしていた。

絵衣子は、こうなったら全部話してみようと思った。

床に座り込み、キッチンから持ってきたコーヒーを少しずつ飲みながら絵衣子は話した。B子がこの部屋に来たこと、並行世界から来たもう一人の自分だと話したこと、そしてB子にストーリー創りを指南してもらい、漫画の続きを描くことができたこと。絵衣子はできるだけ落ち着いてゆっくり話した。

洋平は驚いた様子を見せながらも真剣に聞いてくれた。

「並行世界から来たって、そんな……」

洋平はそう言ってから、ふっと笑った。

「変だよな。君はそういう漫画を描いて、俺たちは読んで……でも現実にそういうことがあると言われると笑ってしまう。まさかそんなことがあるか？　って」

「でしょ」

「あのフロッピーは？」

洋平の言葉で気がついた。あのフロッピーはB子が実在したことを示す唯一の物証だ。しかしすぐに思い出す。

「ない。B子が持って帰った」

「そうか……」

洋平は少し考え、おずおずと口を開いた。

「もしかしたらこういうことじゃないのかな。いや、これから言うことは、あくまで妄想だけど……」

「話して」

「君はいつか分からないけど、過去のどこかの時点で大河内晴美の漫画を読んだ。でも自分ではそのことを忘れてた。自分でもそのことに気づかないうちに、その漫画を基にして『パラレル・パスポート』を描いた」

「じゃ、B子は？」

「それは……」

洋平は言うのを躊躇っているようだったが、一拍置いて言った。

「君の妄想？」

「そんな……。あなただって会ったんでしょ。私にそっくりな女と。自分でフロッピーを受け取ったじゃない」

「そこまでは実際にあったことだよ。でもあれは単に君に似てるだけの誰かだったのかも。フロッピーも中身は全然関係ないもので……」

「じゃ、フロッピーの中を見たところから、私の妄想だっていうの？」

「大河内晴美の漫画を盗作した罪悪感が、そういう妄想を見せたんじゃないか」

「そんな！」

「もちろん仮説だよ。でもそう考えると辻褄《つじつま》が合うじゃないか」

「……」

まさかと思いながら、絵衣子には反論する材料がなかった。以前、絵衣子の頭の中には声だけのB子がいた。この部屋に来たB子は、あのB子が姿を伴って現れただけだったのではないか。絵衣子の妄想の中だけで。無意識のうちに、父と同じ盗作をしてしまったことを否定するために生み出した妄想だったのか。絵衣子は放心状態になってしまった。

洋平はさらに何か考える様子だったが、直後「いや、待てよ！」と声を上げた。

「これって、並行世界があると考えれば説明がつくんじゃないか？」

「だからさっきからそう言ってるじゃない」

「いや、ちょっとそれとは違う可能性の話だよ。君がB子からアイデアを受け取ったのは別の世界の話なんだ。でもいま俺たちがいる世界線の中では、大河内の作品を無意識に盗作してしまった。どっちも本当にあったことで、ただ違う世界で起こったことなんだ」

「じゃあ、なんで私はその両方を体験してるの？」

「そこだよ。何か混乱が起こってるんじゃないかな」

頭がこんがらがってきた。何が本当で何が嘘なのか。いや、本当と嘘の境目なんていうものがそもそもどこにあるのか。ただひとつ確かなことは、絵衣子が困った状態にあるということだ。このまま大河内晴美の冊子が本棚にあったのをなかったことにして忘れてしまえばいいのだろうか。これを見たのは自分と洋平だけだ。洋平が言いふらすわけはないので隠すことは簡単だ。

「俺は誰にも言わないよ」

洋平も同じことを考えていたようだ。

「でも、このことを隠したとしても、私、もうこの世界のことがさっぱり分からない……」

洋平もさすがに「そんなこと気にするな」とは言えないようだ。

絵衣子は項垂《うなだ》れる。洋平が絵衣子の肩を抱いてくる。その手の温かさが伝わってきた。

そのとき、床についた絵衣子の指先に何かが当たった。床にカードのような物が落ちている。

クレジットカードと同じ大きさのプラスチックのカードだ。どこかの店のポイントカードを仕舞い忘れていたのだろうかと思い拾い上げる。

そこには『Parallel Passport』と書いてあった。

「パラレル・パスポート?」

口にした瞬間、グニャリと空間が歪んだような感じがした。ただ目眩《めまい》がしただけなのかもしれないけど、洋平も驚いた顔で絵衣子の手にあるカードを見ている。

見たところ、ただのプラスチックの板だ。出版社が読者のためにノベルティグッズを作ったのだろうか?　そういうことはよくある。宣伝のために作ることもあれば、販売して収益化を目指す場合もある。でも絵衣子はそんな物を作ったという話は聞いていなかった。作者の了解なしに作られることはない。

「まさか、これ——」

そこで洋平が言った。

「たぶんB子が残したものよ」

絵衣子がその先を続けて言う。

「それ以外考えられない」

「なんで置いていったんだろう。もしかして……わざと？」

洋平が言った。

「なんでわざと……」

絵衣子はそう言ったものの、答えは分かっていた。

「これを使って、自分の世界に来いっていうこと？」

言ってから、ゾワリと身体が震えるのを感じる。

「まさか⁉」

「あの女はそういう奴よ」

「もう一人の自分にそういう言い方するの？」

「だってそうなんだもん」

「でもこれでどうやって……」

絵衣子もそれは分からなかった。漫画の中では神社の本殿の中で呪文を唱えることになっている。しかしあの呪文が有効とは思えなかった。だってあれは絵衣子が考えたことだから。

「世界を移動する方法をちゃんと聞いておけばよかった」

後悔しても仕方ない。とにかく試してみよう。絵衣子は出かける用意を始める。

「どこ行くの？」

「あそこ」

洋平の問いに、絵衣子は一言答えて家を出た。

絵衣子はいつもの神社に来た。普段と変わらずこんもりとした木々が風でサワサワと音を立てている。

「へえ、ここがあの神社のモデルなんだ」

一緒に来た洋平が言った。

絵衣子は漫画の中で神社を並行移動するための〝駅〟のように描いた。B子のフロッピーの中のメモには『神社のご神体』という言葉があった。それを見て絵衣子はすぐにこの神社を思い出した。そしてここが並行世界に移動する通過点になるイメージが湧いた。神社にある清浄な空気がそれに相応しい気がしたのだ。そんな気がしたという程度のことだ。フィクションとはそういうものだろう。

しかし今はフィクションではない。本当に移動できるか試そうとしているのだ。恐ろしさが込み上げてくる。失敗することを恐れてではない。むしろ成功したときのことを想像してのことだ。

「どうするの？」

「とにかく漫画のとおりにやってみる」

鳥居を潜《くぐ》ると幸い境内に人はいなかった。小さな社殿に近づき、中を覗いたが誰もいない。この神社には社務所のようなものはない。管理している人は神社の敷地とは別の場所にいるのだろう。いつも社殿の開け閉めをしたり掃除をしたりしているのだからそう遠くではないと予想できる。

「人が来ても、お祓《はら》い受けるんで神主さん待ってるんです、とかって言えばいいよね」

「大丈夫だろ」

二人は靴を脱いで段を上がった。閉まっていたガラス戸を開けておずおずと社殿の中に入る。少し黴の臭いがした。

そこは思ったよりも小さなスペースである。お祓いを受けるにしても十人も入ればいっぱいになるくらいだ。奥に祭壇がある。その中央には丸い鏡があった。神鏡《しんきょう》と呼ばれるもので、ご神体にあたるものだ。

絵衣子はポケットからカードを出す。

「やるよ」

「うん」

絵衣子は思い切ってカードを鏡に近づけた。祭壇の上に大きく身を乗り出す恰好になり、何か罰当たりなことをしているような気がする。コツンとカードが鏡に当たった。

しかし、数秒経っても何も起こらない。

絵衣子は身体を引いた。意気込んでやってみたことがなんの結果も生まず、気まずいムードが漂う。

「やっぱりダメね」

「ダメとは限らないよ」

絵衣子が苦笑いすると洋平が言った。『そりゃダメでしょう』と言って笑うかと思ったら全然違うリアクションで意外だった。

「どういうこと？」

「……」

しかし、絵衣子が訊いても洋平は黙っている。

するど、洋平は何か重大なことを言おうとするかのように口を開いた。

「どうかしたの？」

「例えば、もし漫画のとおりに並行世界に行けたとするよね。別の世界に行って何かを得て戻ったら、こちらでは何かを失ってるかもしれない」

それは「パラレル・パスポート」の作品の中の設定だった。

「それが？」

「そうなってもいいの？」

洋平が急にそんなことを言い出すのが不思議だった。

「なんでそんなこと言うの？」

「カードはどうでもいいんだよ」

洋平は絵衣子の質問に答えずに言った。その言葉には真実味が籠っている。

「できると自分が信じさえすればいいんだ。カードは自転車の補助輪みたいなもので、それなしでも移動できるようになれば、要らない物なんだよ」

洋平は絵衣子の表情におかまいなく話し続ける。まるで何かが取り憑《つ》いているかのようだ。

「どうしてあなたがそんなことを？」

「いいから」

訳が分からなかったが、絵衣子は洋平の言葉に従ってみようと思った。

「できると信じさえすれば……できる……できる……」

絵衣子は心の中で唱えた。こんなことでいいのだろうかと思ったが、やるしかない。カードを再び鏡に近づけた。

すると、さっきとは違った。コツンと鏡に当たると思ったら当たらない。カードがヌルリと鏡の中にめり込む。なんの手応えもない。まるで鏡が豆腐になったかのようだ。

気持ち悪いと思った瞬間、絵衣子の手が鏡に入り始めていた。引き戻そうかと思ったとき、洋平が言った。

「必ず戻って来るんだよ――」

その瞬間、絵衣子は全身が鏡に吸い込まれるような気がした。

そして意識が薄れた。

19

絵衣子が目を覚ますと、あの社殿の中に倒れていた。

身を起こしてあたりを見回す。洋平はいない。それ以外は何も変わったところはなさそうだ。ゆっくりと立ち上がる。近くにあのカードが落ちていたので、拾ってポケットに入れた。身体がフワフワする。実体のない夢の中にいるようだ。

その感覚に戸惑いながら社殿の外に出た。

周囲の街の様子が見える。雑居ビルが建ち並ぶ見慣れた光景だ。段を降りて、賽銭箱《さいせんばこ》の横で脱いだ靴を履こうとする。が、ない。靴がないのだ。洋平の靴もなかった。洋平が持って帰ったのかと思ったが、そんなことをする理由はなさそうだ。神社の人が片付けてしまったのだろうか。勝手に社殿に入った罰に靴を隠されたのだろうか、などと妙なことを考えた。頭がボーッとして思考が定まらない。

仕方がないので裸足のまま外に出た。ゴツゴツした石畳が足の裏に当たって少し痛い。歩こうとしたが妙な感じだった。足が思うように進まない。これに似た感じを以前も経験している。プールの中で底に足をつけて歩こうとしているときの感覚だ。

神社は低い石塀で囲まれており、周囲が見える。いつもの商店街の裏手の風景だ。街の様子は変わっていない。この店も、あの店も……

しかしどこかおかしいと思った。鳥居の前、すぐ左手にハンバーグの店が見えたが、あそこはラーメン屋だったはずだ。そこでラーメンを食べたこともある。

たまに道を歩いていて、前にあった建物が解体されて更地になっていると、ここに何があったっけと思うことがある。いつも通っている道なのにそこに何があったか記憶にないのだ。ただ通り過ぎるだけだと、目に入っていても脳が認識していないのだろう。

しかし今は違う。そのラーメン屋に入った記憶があるのだ。あまり美味しくなかったことも覚えている。ひと月ほど前のことだ。この短い間に店が変わったのだろうかと思ったが、そのハンバーグ店はもうずいぶん長く営業しているように見える。

ひとつ違いに気づくと、他にも色々な違いがあることが分かった。少し先にある古い雑居ビル。絵衣子の記憶ではあそこには新しいお洒落なビルが建っていたはずだ。

神社の中にも変化がある。石畳の傍らにある手水舎。絵衣子が知っているのは柄杓《ひしゃく》を近づけると自動で水が出るタイプだった。しかしそこにあるのは龍の口から絶え間なく水がチョロチョロ出ている昔ながらの型だ。それに境内にある木々は絵衣子が知っているのよりも若く見える。

そこで絵衣子は確信した。自分が別の並行世界に移動したのだということを。または並行世界に来た夢を見ているのだ。

絵衣子は鳥居の外に出ることに恐怖を感じた。永遠に戻ってこられなくなったらどうしようと思ったのだ。夢の中だとしてもその恐怖は同じだった。

絵衣子は鳥居のすぐ手前まで行って、恐る恐る外を見る。なぜかここまでなら安全、という感じがした。

境内に若いカップルが入ってきた。二人は絵衣子に特に関心を払わず、本殿の前に行ってお参りをしている。手水も使わないし、熱心な信仰心はないようだ。

男の携帯が鳴る。男はお参りを中断して電話に出た。罰当たりな人に思える。

そのとき絵衣子は男の携帯電話に目が行った。ずいぶん古い型のガラケーだ。分厚い形をしており、ほとんど骨董品のような型だ。

絵衣子はハッとする。もしかして、ここは——

そのとき「えっ、来ちゃったの？」という素っ頓狂《すっとんきょう》な声が後ろから聞こえてきた。

絵衣子は驚いて振り向くと、B子が立っていた。絵衣子を見て、驚いた顔をしている。

絵衣子の心に安堵が広がる。B子と会いたいと思ってあてもなくやって来て、ちゃんとB子と会えた。奇跡のように感じられる。

「どうしちゃったの？　わざわざこんなとこまで」

B子は絵衣子をしげしげと見ながら言う。

「私、部屋でこれを見つけて、それで……」

絵衣子はポケットに入れてあったカードを見せる。

「ああ、それね。どっかで落としたと思ってたけど、あなたの部屋だったのね」

B子はどうでもいいことのように軽く言った。絵衣子はその言葉が本当とは思えない。B子がわざとカードを落としていったと思えて仕方なかったからだ。でも今はそのことに触れるのはやめた。もっと知りたいことがある。

「カードを神社の鏡に当ててみたけどダメで……そしたら洋平君が、自分が信じればいいんだって言って」

「ふーん、それで上手く行ったの？」

「……たぶん。だってここ来られたってことは」

「ていうか、ちゃんと来てないよ」

「えっ？」

「あなた、半透明だもん」

B子は絵衣子の身体を見ながら、ちょっと面白そうに言った。

絵衣子は自分の身体を見下ろしたが、自分では普通に見える。

「半分しかこっちに来てないのよ」

そんなことがあるのか。

「そもそも、これって夢じゃないの？」

「無意味な質問ね。夢とそうでないことを分けるものは何？」

そう言われるとそうだと思った。これまでさんざん考えてきたことだ。

「ところで、なんで裸足なの？」

B子が絵衣子の足下を見て言う。

「神社に上がるときに脱いだの。いま見たら失くなってて……」

するとB子が声を上げて笑った。

「それ、元の世界に置いてきたからよ。こっちに来たら失くなってるに決まってるでしょ」

「……」

絵衣子は思わず黙り込む。それが並行世界を移動した証拠になるのだろうか。いまひとつ納得感がない。

「自分の身体に接触している物以外は元の世界に置いてくることになるの」

絵衣子はそこには気づかなかった。自分が描いた「パラレル・パスポート」にもその点は抜けていた。

「不思議ね。この神社にお礼参りがしたくて来たの。そしたらあなたと会えた」

「お礼参りって？」

「……で、何しに来たわけ？」

B子は絵衣子の質問に答えず、逆に訊いてくる。いきなり訊かれると、一瞬なんと答えていいか分からなかった。

「だから、本当のことを知りたくて」

「本当のこと？　あなたは自分の力でここに来た。並行世界は存在してる。それでもう十分じゃないの？」

「それだけじゃないの」

絵衣子は自分の世界で盗作騒ぎが起こっていることを話した。

「『パラレル・パスポート』が大河内晴美という人の作品とそっくりなのよ」

「大河内晴美？　誰？」

B子の態度は嘘をついているようには見えない。

「私も知らなかった。でも私の部屋にその同人誌があったの。買った記憶なんかないのに」

B子は黙って聞いていた。

「『パラレル・パスポート』はあなたのメモを見て考えたこと。なんで覚えのない大河内晴美の冊子がうちにあるの？　もう訳が分からなくて」

「そう……。本当のことを教えてほしい？」

B子が神妙な顔でつぶやく。

絵衣子は頷きながら訊いた。

「まず教えて。ここっていつなの？　私がいるところと時間がズレてない？　そのへんのビルや店が私が知ってるのと少し違うし、さっきの人がずいぶん古いガラケー持ってたし」

「ガラケーって何？」

「知らないの？」

「うん」

「スマホより前の古い携帯のことよ」

「あー、それ。私もあなたの世界でスマホってやつを最初に見たときは不思議に思ったわ」

「やっぱり時間がズレてるのね」

「そうよ。自分が漫画に描いたじゃない」

「あ……」

「あ、じゃないよ」

B子が再び笑う。

「でも私が漫画に描いたのは、ズレていても二、三年だし……ここって、もっとズレてるよね。二十年くらい？」

「正確には二十五年」

「えっ、そんなに⁉」

「私も初めてあなたの世界に行ったとき、時間が進んでることに気づいてびっくりしたわ。スマホがすごく変な物に見えた。あんなのっぺりした板を耳に当ててるんだもの」

「じゃあ、フロッピーディスクは？」

「こっちではまだ使ってる。逆に訊くけど、どうしてあなたは作品の中で、時間のズレを短めの二、三年に設定したの？」

「だって、あんまりズレが大きいとタイム・トラベル物と一緒になっちゃうから。パラレル・ワールドか、タイム・トラベルか、どっちの物語をやるのか決めないと変かなって思って」

　B子は絵衣子の説明を聞いておかしそうに笑った。

「何がおかしいの？」

　絵衣子はちょっとムッとする。

「一緒なのよ。並行世界を移動することと、時間を移動することの間に境目なんかないの。あなたみたいにストーリーが混乱するから別にしようっていうのは、お話を創る人の都合でしょ」

　それは洋平からネットで見た話を聞いたときにも思ったことだった。並行世界に迷い込んだ男が別の時代に現れたという。あの話にも並行世界とタイム・トラベルが混じっていた。しかしそれを体験している当人にとっては、話が混じっていることなど関係ない。そんなことを気にするのはストーリーを創ることをいつもやっている人間だけだろう。

　絵衣子は自分が並行世界に移動すると同時に、二十五年昔にタイム・トラベルしていることを納得した。

　そのとき、絵衣子は大変なことに気づいた。ここが二十五年も昔なら、目の前にいるB子はいったい何者なのか？　二十五年と言えばちょうど絵衣子が生まれる年だ。もう一人の自分がこうして同年代の女として立っているわけがない。絵衣子はジッとB子を見つめる。B子は絵衣子を真っ直ぐ見返している。その視線にはどこか優しさがあった。

　そこで絵衣子はハッとした。

「もしかして、あなたは……」

Ｂ子は真っ直ぐに絵衣子を見ながら、それに続く言葉を待っていた。

「あなたは、私のお母さん？」

絵衣子は思いついたことをそのまま口にする。

するとＢ子は微笑んだ。

「そうよ。やっと分かってくれたのね」

その言葉に、絵衣子はその場に崩れ落ちそうになった。昔から絵衣子と美子はよく似ていると言われたが、親子が似ているのは別に珍しいことでもないし、絵衣子は気にしたことはなかった。そう言えば、絵衣子は美子の若い頃の写真を見たことはない。家には父・幸助の物を含めてほとんど写真が残されていなかった。

そうか。やっと絵衣子は気づく。だからＢ子はあのとき『お母さんに会いにいけ』などと言ったのか。

自分の前に、自分とそっくりな顔をして、母が立っている。絵衣子の心の中に色々な感情が溢れ出した。これが夢かどうかはもうどうでもいいことだった。

「でも、まだ私はお母さんじゃない」

「どういうこと？」

動揺のために、絵衣子の声が掠《かす》れる。

「赤ちゃんはまだ、ここにいるから」

Ｂ子、いや美子はそう言って、自分のお腹に手をやった。

「今、五ヶ月よ」

愛《いと》おしむように、お腹を擦《さす》りながら彼女は言う。

その姿を見ているうち、絵衣子の目に涙が溢れてきた。

「色々訊きたいことがあるの」

『お母さん』と呼ぼうとしたが、まだその勇気はない。

「分かった。順番に話してあげるわ。でもこれはあくまで私の立場から見た話よ。それを前提に聞いてね」

美子は優しい目で絵衣子を見ながら言った。それは母が子どもを見る温かな視線だった。

20

「私の父は大学で経済学を研究する教授だった。それはあなたも知ってるわね。まあ、お堅い家庭よ。母は父に口答えひとつしない性格だった。そんな家庭で私は二人姉妹の長女として育って、一流と言われている大学に入った。

中学の頃から漫画が好きだった。高校では漫研に入っていたけど、その頃の私にとって漫画は趣味でしかなかったわ。プロの漫画家になろうなんて発想は全然なかったの。大学に入って、普通の会社に就職して、いずれ堅い職業の男性と結婚する。それ以外の可能性なんて考えたこともなかった。両親もそれを望んでたし、他の選択肢を考えもせず、私の人生ってそんなものだと思ってたのよ。

大学生活は楽しかったわ。文学部で好きな勉強をして、高校の延長で漫画のサークルに入って。それなりに恋もした。三年生になると、みんながそろそろ就職のことを考え始めた。私も就職しようとは思ってたけど、特にどんな会社に入りたいっていうこともなかった。入りやすくて、世間体もそんなに悪くない程度の会社に入れたら、なんて思ってた。

そんな頃、あなたの父親と会ったの。サークルの先輩で、留年して八年生になった人がいるっていうことは聞いてたの。でもその人はサークルの集まりには全然顔を出さなかったし、その頃の私は何年も留年してるっていうのがなんだか落伍者《らくごしゃ》みたいに思えて、特に興味を持たなかった。

そんなあるとき、サークルの部屋に行くと、男の人がポツンと一人で座ってタバコを吸ってた。それが例の『八年生の先輩』だった。大学に何かの手続きのために来て、ついでにサークルの部屋に久しぶりに寄ってみたんだって。

『君、何年生?』ってぶっきらぼうに彼は訊いてきた。私はあんまり関わりたくない気持ちで接したわ。『どんな漫画描いてるの?』とか訊いてきたけど、私は生返事しかしなかった。彼は私のそういう態度にかえって面白さを感じたみたい。私は素っ気ない態度を見せて彼を遠ざけようしたのに、逆に面白がって近づいてきたので、ちょっと調子が狂っちゃった。

『また会おう』って言われて、ついＯＫしちゃった。お茶するだけならって。私も彼を面白がり始めていたのかもしれない。

その日別れてから、彼の漫画が載っているサークルの同人誌を探して読んだわ。すごく面白かった。サークルの仲間が描くのとは明らかに別物だった。ああ、この人はプロになるんだろうなって思った。

それから彼と会うようになったわ。彼の口から出る漫画に関するウンチクに私は魅了された。サークルの人たちって漫画はあくまで趣味だから、話していてもどこか物足りないところがあったのよね。でも彼は違ってた。本気で漫画家になろうとしてることが分かったわ。口数は少ないけど、そのぶん真剣さが伝わってきた。

彼と付き合うようになるのにそう長くはかからなかった。どちらかというと、彼に求められたというより、私のほうが押しかけた感じだった。彼のほうは、私なんかと付き合うと『お嬢さんをたぶらかした』みたいに言われるんじゃないかって躊躇いがあったみたい。意外にそういう小心なところもあるのよ。だから私が押す形になったのね。そうして彼の存在は私の人生にかけがえのないものになった。

彼はその頃すでに漫画雑誌の編集者とやりとりをしていた。私は彼の作品を評価していたから、いずれは世に出ると思ってた。でもあと一歩がなかなか届かないっていう感じだった。だからこそ私は彼を応援するのに必死になったという面もあるわ。

私は大学を卒業する頃には、彼と結婚したいと思うようになっていた。私自身に才能はない。

なら彼を横で支えよう。彼をサポートするにはそれが一番良いと思ったの。彼は『俺なんかでいいの？』と二の足を踏んでいた。まだ漫画家としてやっていけるか分からないのに、大丈夫なのかという気持ちだったのね。

うちの両親に話すと、もちろん大反対したわ。普通の会社に就職して、そのうち会社勤めの人と結婚するのが一番と思ってたのに、どこの馬の骨か分からない、大学八年生の漫画家の卵と結婚なんて、親なら反対するのがまあ普通よね。

でも私は意地になったわ。自分がそんなに強情だっていうことに、両親も驚いてたけど私自身も驚いた。

そうして私は家出同然に彼と結婚した。親との縁は切れてもいいとさえ思った。

そのあと、私がアルバイトをして彼を支えた。彼には漫画に集中してほしかったから私だけが働いたの。昼間はカフェでウエイトレス、夜は水商売っぽいこともしたわ。貧乏だったけど、気にはならなかった。

でも彼はなかなか芽が出なかった。いつも編集者にネームを突き返されてしまうの。問題ははっきりしてた。絵は上手いんだけど、ストーリーがいまひとつなのよ。編集者にもその点を指摘されてたし、私もそうだと思った。彼は絵を描くことに熱中するタイプなのよ。絵に時間をかけるぶん、ストーリーがややおざなりになってしまうの。もう少し案を練ればいいのにって、やきもきしたわ。

そんなある日、私がストーリー展開についてふと思いついたことを言ったの。『こうしたら面白いんじゃない？』って。一瞬、彼が気を悪くするかと心配したけど、そんなことはなかった。彼は『確かにそうだ。ありがとう。そうするよ』って明るい顔になって言ったわ。自分でもストーリー創りがうまくないと分かってて、藁にも縋る思いだったのかもね。

それから私は彼にストーリーのアイデアをどんどん出すようになった。彼は素直に聞いてくれた。そのとき初めて気づいたの。私は絵を描くよりストーリーを考えるほうが好きだし、得意なんだって。中学の頃から趣味で漫画を描いてたけど、絵が上手くなるには途方もないほどの練習が必要だと分かって、匙《さじ》を投げていたところがあった。

自分にストーリーを生み出す才能があると思ったことはなかったけど、ストーリーをああでもない、こうでもないって考えるのが好きだったというのは確かね。なんていうか、絵を描くのって、手の動きに制約されてる感じがするけど、ストーリーを創るのは頭の中だけのことだから、自由に想像の羽を伸ばせる感じがするの。単に私にはそっちが向いてるってだけのことかもしれないけどね。

ある日、彼は帰るなり『通った！』と言って私を抱き締めた。私がストーリーをアドバイスした作品でプロデビューできることになったの。その夜はお祝いに二人で焼き肉をたらふく食べたわ。

それから私たちの二人三脚の日々が始まった。彼が考えた案に対して、私が『こうしたら？』って思いついたことを自由に言うの。彼は『なるほど、面白い』って言いながら私のアイデアを取り入れてくれた。

そしてあるとき彼が言ったの。『これからは君にストーリーを任せたい。俺は絵に集中する』って。実質、原作担当と作画担当に役割分担したの。そうすることで生産能力が安定して、レベルの高いものがコンスタントに生み出せるようになった。彼はどんどん売れっ子になっていったわ。

収入が増えたから私はバイトをする必要はなくなった。毎日、近くの喫茶店でコーヒーを飲みながらストーリーを考えた。家に帰ると、彼が机に向かってカリカリと絵を描いてた。幸せな生活だった。

郊外に家を買ったのもこの頃よ。古い洋館が売りに出てることを知って、内見しに行って二人ともすぐに気に入ったわ。彼は一室を仕事場にして、一日中そこに籠っていた。そう、あなたが好きなあの部屋よ。

するとあるとき『ストーリーは妻が書いてる』ってカミングアウトしようかって彼に提案されたわ。でも私は断った。私は自分が有名になりたいなんていう欲がまったくなかった。夫婦で一心同体みたいなものだから、あえて私の名前を出す必要なんて全然感じなかったの。そして何よりも大きかったのは、私の両親を見返してやりたいっていう気持ちね。彼が漫画家として成功する姿を見せつけて、自分たちが結婚に反対したのは間違いだったって認めさせてやりたかったの。そのためにはむしろ私が彼の漫画制作に関わってることは隠すほうが良かったのよ。今にして思えばすごく歪んだ考え方だけどね。

そうやって最初に真相を隠してスタートしたことで、あるときからはそれで通すしかなくなっていたの。すっかり彼の漫画が人気や評価を得たあとで『実はストーリーを考えていたのは妻だ』なんてことが明るみに出たら、ゴシップネタだものね。彼がいくつかの漫画の賞を受賞したことで、ますます本当のことは言えなくなっていった。

そんなとき、私は妊娠したの。彼も喜んでくれたわ。彼は早いうちに両親を失っていたので、自分の家族が作れることがすごく嬉しかったのよ。

皮肉なことに、もっと喜んだのは私の両親だった。この頃になると、勘当状態だったことはうやむやになっていて、お盆とお正月くらいには彼と一緒に実家を訪ねるようになっていたの。両親は私たちの結婚に反対したことなんてすっかり忘れたみたいに彼の成功を褒め称えて、孫が生まれることを喜んだわ。私が意地になってたことっていったいなんだったんだろうって思った。

私たちは幸せの絶頂だった。でもそれは長くは続かなかった。

あなたがお腹の中で順調に大きくなっていたある日、朝から気分が悪くて、風邪にしては少し変だなと思って病院に行ったの。お医者さんに精密検査を受けろって言われた。自分よりお腹の子どものことが心配ですぐに検査を受けたわ。

〝アイゼンメンジャー症候群〟ていう、聞いたこともない病名を告げられた。血液の流れがおかしくなって、呼吸が苦しくなったり動悸やふらつきが起こる心臓の病気だって。

お医者さんには入院を勧められた。そしてもっとショックなことを言われたの。『治療に専念するために、子どもは諦めたほうがいい』って。

子どもができて喜んだのに、この子を諦めろっていうの？　悲しんだのは彼も私の両親も同じだった。

彼は私と子どもの両方を助ける方法はないかって、ずいぶん色々なお医者さんに相談してくれたみたい。でもこの病気を治すには血液透析《とうせき》を続けることが必要で、同時に出産するのは難しいんだって。絶対に産むのが無理ということはないけど、『大丈夫』って言ってくれるお医者さんはどこにもいなかった。

その後私は入院した。子どもを諦めるっていうのは、なかなか決心がつかなかった。周りの人は『今回はダメでも次のチャンスがある』って言ったわ。でも私はそんなふうに考えられなかった。この子と、次の子は別の子よ。この子がダメなら次、みたいなふうに思うことはできなかったの。でも、中絶の決心をしなくてはいけないタイムリミットまで残り時間が少なくなってきた。病院のベッドで鬱々《うつうつ》とした時間を過ごしたわ。

同時に別の問題が起こっていた。私が入院したことで、彼の作品のストーリー創りが止まっていたの。彼の仕事のことは私も気になってたけど、彼はお見舞いに来てもそのことは一切口にしなかった。闘病中の私にストーリーを考えろなんてとても言えなかったのね。私も病気と闘うのに精一杯で、ストーリーを考えるどころではなくなっていた。

でも彼は週刊の連載漫画を抱えてた。私がいなくても、自分だけでなんとかしようとしたみたい。ただこれだというストーリーはなかなか思いつかない。彼は苦しんだ挙句、手近にあった小説を盗作して連載漫画の続きを描いてしまったの。しかも運悪く、雑誌に掲載されてしばらくすると『盗作ではないか』って言う人が出てきた。そこからのことはあなたもだいたい知ってるわね。

週刊誌がその話に飛びついた。すぐに世間で話題になったわ。あなたの時代でいう〝炎上〟ね。彼はバッシングを受けた。私は入院していて、為す術《すべ》がなかった。

そしてあの日が来た。看護師さんが病室に来て、申し訳なさそうに言った。『入院費のことでご主人に電話したんですけど、出ないんです』って。

病人にそんなことを言うのが気が引けたんだろうけど、私に言うしかなかったのね。私は病室から動くわけにもいかず、妹に頼んで家に確認しに行ってもらった。すると彼はどこにもいなかった。二日経っても三日経っても行方は分からずじまい。警察に捜索願いを出すしかなくなった。でもそのまま、彼は私の前から姿を消した。

彼は失踪という解決法を選んだの。私の両親や周りの人は『あまりに無責任だ』って怒ったわ。妻が病気で、しかも身重な状態で入院しているときに、何もかも放り出して消えるなんて。

でも私には分かった。逃げたんじゃない。自分が全てを被ることで、私を助けようとしたのよ。盗作したことを公に認めれば、やがてはこれまでの作品のストーリーはみんな妻が創ったものだって話さざるを得なくなる。病気の私に世間の好奇の目が向くことを避けたかったのよ。私は、彼が私とお腹の子どもを助けてくれたんだって思った。

それでも私は混乱した。彼の行動は、私やお腹の子どものことを考えてのことには違いないけど、夫にそんなことをさせてしまった自分にいったいどんな価値があるのか、分からなくなった。とても病気を治して子どもを産むなんていうことを前向きに考えることはできなかった。私は真逆のことを考え始めた。死んでしまえば一番楽だって。

私は病院を抜け出して、街を彷徨ったわ。このまま透析しなければ死んでしまうかもしれない。それでもいいいと思った。

そのうち私はこの神社にたどり着いた。初めて来る神社だった。風が吹いて、境内の木がざわざわと音を立ててた。その風の中に立っているうちに、いつの間にか死にたいっていう気持ちは消えていた。その代わりに、自分がこういう状況になったことの意味はなんなのか、答えを知りたくなってきたの。

私はそんなに信心深い質《たち》でもなくて、ろくに神社にお参りしたことなんてなかったけど、そのときは神様と話をしてみたかった。本殿の前で手を合わせて、願った。今、自分の身に起こっていることはなんなのか教えてくださいって。

でも神様が直接答えをくれることはなかったわ、当然なんだけど。私は少しがっかりしながら神社を出た。

街を歩くうちに、私はおかしなことに気づいたの。世の中の様子がなんだかついさっきと違うのよ。みんな小さな黒っぽい板を耳に当てて話してるの。その板がスマホっていう物だと知ったのはあとのことよ。

売店で売ってる新聞の日付を見てびっくりしたわ。そこは二十五年後の世界だった。自分の身にこんなことが起こるなんて、もちろん想像もしてなかったけど、ＳＦ漫画や小説でタイム・トラベル物はよく読んでたから、そういうことが起こったんだってことは認識できた。いつ移動したのかって考えると、あの神社にいた間だろうって気がした。

だとしたら、元の世界に戻るにはあの神社に行けばいいんだと思った。方法は分からないけどね。だからしばらくはこの世界を探索してみようと思った。私ってそういうとき、妙に腹を括《くく》るのが早いとこがあるのよ。あなたも実はそうじゃないの？

なるほど、二十五年後はこうなってるのかって、興味深い発見が色々あったわ。でもそれはあなたにはあまり面白くない話ね。あなたにとっては当たり前のことばかりだから。驚いたのは、お札が変わってたことね。一万円札は同じ福沢諭吉《ふくざわゆきち》だけど、五千円札が樋口一葉《ひぐちいちよう》に、千円札が野口英世《のぐちひでよ》に変わってた。

そのうち私は奇妙なことに気づいた。私が元いた世界と、移動した二十五年後の世界は、そんなに大きいことじゃないけど、少しずつ違うところがあるのよ。有名なカフェのチェーンの名前が違ってたり。知らない名前の銀行の支店がたくさんあったり。チェーン店に入って店員に訊いてみた。『このお店の名前はいつ変わったんですか？』って。お店の人は、変な顔をしながら教えてくれた。『ずっと昔からその名前だ』って。銀行にも行って訊いてみた。その銀行は合併してできたんだけど、合併の組み合わせは私が知ってるのと違ってた。

私は確信したわ。私がいた世界とこの世界は、単に時間が二十五年ズレてるだけじゃない。並行して存在してる別の世界なんだって。タイム・トラベルと並行世界はＳＦの世界でも無縁なものではないのはあなたも知ってるわね。

そう気づいて、不思議と気持ちが楽になったの。この世界で起こってることは、この世界の人がやってることであって、私と直接関係ないんだっていう感じがしたのね。

そして思った。二十五年後の私はこの世界ではどうなってるんだろうって。タイム・トラベルで二十五年後に来たのなら、未来の自分がどうなってるか知りたいとは思わなかったかもしれない。知りたい気持ちはあっても知ってはいけない気がするの。でも並行世界なら、自分じゃないしっていう、ある種無責任な気持ちでいられるのよ。

私はこの世界にいる自分のことを調べようって決めた。でもどうやって調べたらいいか分からなかった。

その頃、私はだんだん気分が悪くなってきた。病院に戻って透析を受けなくちゃって思った。慌てて神社にたどり着いたところで、フラフラして気を失ったの。

気がつくと、同じ神社の境内に倒れていたけど、そこは元の世界だった。あっちの世界には丸一日いたはずなのに、こっちでは三時間しか経ってなかった。私は急いで病院に戻ったわ。看護師さんに勝手に病院を出たことをひどく怒られながら透析を受けた。私は謝りながら、心の中ではまたあの世界に行く計画を練っていた。

私はそれから何日かしてまた病院を抜け出して神社に行った。

この神社の境内に立って念じると、また世界の移動が起こった。そう、本殿に入って呪文を唱えたり、パスポートを使ったりする必要はないのよ。使ってもいいけど、それはあくまで気持ちの問題。

私はまたこの間と同じ並行世界に来ていた。時間が二十五年ズレているのも同じ。どうして同じ世界に行くのか、移動するたびにズレる時間の長さが変わっていないのはなぜか、理由は分からなかった。自分が念じるとそうなるのか、それとも何か必然性があってそうなるのか。とにかく決まった法則があると分かればそれに乗っかればいいんだと思った。

そして移動先の世界に極力影響を与えないようにしようって決めた。元の世界から何かを持ち込んだり、逆に元の世界に何かを持って帰ったりしないようにしなきゃって。色々なSF作品で別の世界に影響を与えちゃいけないって書いてあるものね。あなただって、自分の作品で別の世界から何かを持って帰ると、元の世界で何かを失うっていうルールを創ったでしょ。それはしょせんストーリーにカセを作るためかもしれない。でもなんだかそれは守らなきゃいけない気がしたの。

私は住んでいた洋館に行ってみた。この世界の自分が二十五年後にそこに住んでるかどうか分からなかったけど。

そこには二十五年分古くなった家があった。誰も住んでいる気配がなかった。長期の旅行にでも行ってるんだろうか。そう思ったとき、『エイコちゃんじゃない』って声をかけられたの。近所に住むらしい女性だった。『お母さんはあれからどう?』って。

お母さんというのはこっちの世界の私のことね。ここで答えを間違えると変に思われるから、『ええ、なんとか』って曖昧に答えた。

『あんなことになるなんてね。早く良くなるといいけど』とその人は気の毒そうに言った。二十五年後の私は病気に罹《かか》ってるんだなって思った。たぶん今の私と同じ病気か、それが原因でなる病気。

もうひとつ分かったことは、この世界の私にはエイコっていう娘がいること、その子は自分とそっくりだっていうこと。これは嬉しいことだったわ。だって私はお腹の子どもを産もうかどうか迷ってるけど、こっちの世界の私はちゃんと子どもを産んだらしいから。

それにしても、二十五年経っても同じ病気で苦しんでるかもしれないと知って落ち込んだわ。でもその状況を詳しく知れば、自分はそうなることを回避できるかもしれないとも思ったの。そこで病院に行ってみた。病院はたぶん市立病院だろうって当たりをつけた。あの街で一番設備が整っていて大きな病院だからね。

病院に行って、病棟の受付で『松村美子の娘なんですが、母の病室が何号室か分からなくなって』と言ったらすぐに教えてくれたわ。

教えられた病室に行った。もう一人の、しかも二十五年後の、病気で伏せっている自分と対面するのはさすがに緊張したわ。

二十五年後の私はベッドの上で眠っていた。正確には昏睡状態。ずいぶんやつれて見えた。もちろん長い間伏せっていることや酸素マスクをつけていることもあると思うけど。意識がない彼女の傍に私はしばらく座っていた。知らない人が見たら、患者の娘がお見舞いに来てるようにしか見えなかったでしょうね。

ずいぶん長い時間、心の中で彼女と話をしたわ。『どんな人生だったの？』『後悔はない？』

って。私は彼女の声を聞いた気がした。『後悔なんかない。起こることは全て正しいのよ。自分の心に従って選びなさい』って。気がつくとポロポロと涙が出ていた。

私は『やらなくちゃいけないことがある、こうしてはいられない』って思って、立ち上がって病室を出た。

やらなくちゃいけないことって何かって？　あなたを捜すこと。そして必要があればあなたを助けることよ。

あなたをどうやって捜そうか思案したわ。インターネットで検索するっていう、あなたの時代には当たり前になっている方法があることに気づくのにしばらくかかった。私の時代はインターネットはほんの初期で、まだ電話回線でパソコン通信をやっている状態だから。

ネットカフェっていう所に行った。個室に入って二十五年後のパソコンを前にして少し手間取ったけど、だんだん分かるようになった。そしてあなたの名前で検索してみた。ネットに名前が出てるかどうかは賭けだったけど、当たりだったわ。

あなたは文明堂出版の雑誌に短編漫画を発表していた。ああ、私の娘は漫画家になったんだって思って感慨《かんがい》深かった。ううん、私の娘じゃない。この世界の彼と美子さんの娘。でも嬉しかったのよ。

次はあなたの居場所を調べなきゃって思った。出版社に電話して訊いたけどそういうことは教えられないって断られた。この時代は個人情報が厳しく守られてるのね。

私はとりあえず文明堂出版の本社まで行ってみた。大きなビルを目の前にして途方に暮れたわ。あなたはそのうちここに来るかもしれないけど、それがいつなのか分からない。

　そのとき、一人の若い女性が建物から出ていくのが見えた。あなたのことを検索したとき、その人の写真が一緒に出ていたのを思い出した。水田あずみさんよ。ネットに出ていた写真とはずいぶん違うフリフリのワンピースを着てたけど。

　私は思い切って声をかけてみた。そしたら水田さんは『あー、絵衣子ちゃん』って笑顔になって返事してくれた。やっぱり私とあなたは相当似てるんだなって分かったわ。

『お久しぶり』って言ってみた。『昨日会ったじゃない』とかって言われたら『そうそう、忘れてた』とか言って誤魔化すつもりだった。でも水田さんは『久しぶりー』って答えた。

『今日は打ち合わせ？』って向こうが私に訊いてきたから『そう』って答えた。

　会話しながら、どうやって〝自分〟の連絡先を相手から訊き出すかを考えたわ。『私の連絡先を教えてくれない？』なんて訊けないものね。そこで考えた案を試してみたの。

『会えてよかった。ちょっと困ってて』

『どうしたの？』

『実は私、携帯電話を落としてしまったの。それで携帯会社に連絡したいんだけど、携帯貸してくれない？』

『うん、いいよ』

　彼女はすぐ信じてスマホを貸してくれた。初めて持つスマホをどう使っていいか戸惑ったけど、カフェで隣の人が使うのを見ていたのでなんとなく分かってた。幸い、ちょうど水田さんは通りかかった出版社の人と談笑してたので、私はゆっくりスマホを見ることができた。

あれこれ触っているうちに『連絡先』って書いてあるところが見つかったので開いてみた。その中に『松村絵衣子』はすぐ見つかったわ。こうして私はあなたの住所と電話番号を知ることができたわけ。

そのあとさっそくあなたのマンションに行って、あなたを待ったわ。とにかく自分にそっくりの女が出てくるのをひたすら待った。

そしたらあなたが出てきた。やっぱりあなたは私にそっくりだった。ちょっと肩を丸めて、自信なさそうな歩き方だなあと思った。

その日から、私はあなたを尾行するようになった。数時間あなたの世界にいて、気分が悪くならないうちに戻る。それを繰り返していたの。あなたは全然気づいていなかったみたいね。いつも駅前のカフェでネームを描いていたわね。描いては消し、描いては消しを繰り返してた。悶々としてるのがよく分かった。その姿を見て私は胸が締め付けられるようだった。並行世界の娘だとしても、娘は娘だものね。手助けできることがあったらしたかった。でも別の世界で生きているあなたに関与してはいけないという思いもあって、すごく辛かった。第一、どんなふうに名乗ってあなたの前に現れればいいか分からなかったし。まさか別の世界から来た、二十五歳若いあなたの母親だなんて言えないでしょ。

あの日もあなたを尾行して文明堂出版まで行った。本屋のガラス越しに目が合った日よ。あなたは文明堂出版から怖い顔をして出てきた。打ち合わせが上手く行かなかったんだろうって思った。心配でずっと見てたの。本屋にいたときもそうよ。まさかあなたが振り向くとは思いもしなかった。たぶん私がジッと見つめてたから視線を感じたのかな？

思わずその場から逃げたけど、一度見られてしまうと少し腹が据わった。でもまだあなたの前に出ていこうという踏ん切りがつかなかった。そこで思いついたのよ。この世界に住んでる誰かに協力してもらえないかって。そして思い出したのが洋平君だった。彼はうちの隣に住んでた子どもよ。あなたは覚えてるかな？　隣の桑田さん。あなたが物心ついた頃にはもうお父さんの仕事の関係で引っ越していたから、あなたは知らないわね。

私が知ってる洋平君はまだ三歳。幸助の漫画も気に入ってくれてたし、私たち夫婦にもよく懐《なつ》いていたわ。彼が成長して、もしかしたら私のことを覚えてくれてるんじゃないかと思って捜したの。

彼の実家はすぐに見つかった。彼のお父さんが税理士だったので、お父さんの名前で検索したら簡単に分かったのよ。この頃にはもうけっこうパソコンを自由に扱えるようになってたわ。洋平君のお母さんに連絡して、『中学時代の知り合いなんですけど洋平君と連絡を取りたいんです』って言ったらすぐ携帯番号を教えてくれた。会社みたいに個人情報保護っていう感覚が薄くて助かったわ。

私は彼を喫茶店に呼び出した。〝中学時代の同級生の田中恵子〟という嘘を使った。平凡な名前のほうが誤魔化せる気がしたの。

彼は半信半疑な感じで喫茶店に現れた。可愛い子が現れるかもって期待と、怪しい宗教に勧誘されるんじゃないかっていう不安の両方あったみたい。私は単刀直入に本当のことを話したわ。頭のおかしい女だと思われてもいいと思って開き直ったの。時間がかかったけど、最後には信じてくれたわ。彼が三歳のとき家の前の道でバイクに撥《は》ねられそうになったところを私が助けた話をしたら信じてくれた。そのときにできた傷が膝にあることも私が言い当てたから。

昔の色々なことを話したわ。すっかり私をあの〝美子さん〟だって分かってくれたわ。それが分かると、彼は私の事情を察してなんでも協力してくれるようになった。洋平君にあなたに近づいてもらったわ。そして彼からあなたにフロッピーを渡してもらったの。

こうしてあなたの「パラレル・パスポート」の連載が始まった。私はこれで自分の役目は果たせたと思ってたわ。でも予想外の展開になった。あなたはストーリーの続きを創るのに困り始めたわね。そのことは洋平君から聞いたし、カフェで悶々と仕事しているあなたを見ても明らかだった。

やれやれって感じだった。どうしたものかと悩んだわ。並行世界から来た人間が別の世界の人間にストーリーの続きを教えると、何かを持ち込まないっていうルールを犯すことになるものね。

迷った挙句、私はB子としてあなたの前に姿を現すしかないと思ったの。ストーリーを渡すんじゃなくて、ストーリーを創る方法を教えるなら問題ないと思ったのよ。ストーリーの創り方は私の世界もあなたの世界も変わりはないから、私の世界から何かを持ち込んだことにはならないし、出来上がるストーリーはあなたの頭の中から生まれるものだしね。

それからはあなたも知ってるでしょ。私は上から目線の嫌味な女に見えたかもしれないけど、本当はドキドキだったのよ。あなたの傍にいて、ふっとあなたの髪の匂いを感じたりしたとき、思わず泣きそうになったことが何回もあった。ああ、これが私の娘の匂いなんだって。ずっとあなたの傍にいたかった。でもそうもいかなかった。

病気が悪化していたのよ。あなたの傍に長時間はいられなくなっていた。

でも、あなたと別れる前に確かめたいことがあった。あなたと母親の関係よ。でもそのことをどんなふうに訊いていいか分からなかった。

あなたが部屋を出た私を尾行していることに気づいたとき、ちょうど良いと思った。私がお母さんのことを口にしたら、あなたは戸惑った様子だったわね。お母さんとの間に何かわだかまりがあるような感じだった。だから私はあなたにお母さんと会うように指示したのよ。

その次に会ったら、あなたは敵キャラを出すことを思いついていたわね。この一日の間にあなたに何が起こったのか分からなかったけど、これで良かったんだって私は思った。

ストーリーが進む目処《めど》がついて、私はひとまず自分の役目は終わったと思った。本当はずっと傍にいたかったけど、そんなの無理なことよね。だから姿を消したの。

水田あずみさんがもう一人の自分に乗っ取られた話？　私は知らないわ。

え？　洋平君とキス？　そんなことするわけないじゃない。私の中では彼は今でも三歳の洋平君よ。でもどこかにそんなことが起こる世界があるのかもね。それがあなたの前に一瞬だけ紛れ込んだのかも。私たちには関係のないことよ。

ううん。もしかしたら、関係があることかもしれない。私は自分の世界とあなたの世界の間で物を持ち込んだり、持ち帰ったりしないように気をつけたって言ったでしょ。あなたに渡したフロッピーディスクもちゃんと回収して持ち帰ったしね。

でも、ひとつ大きなものを持ち込んでしまったわ。「パラレル・パスポート」のアイデアよ。私の頭の中では小さな種子だったものを、あなたは自分で大きく花開かせた。そんなことをしたんだから、並行世界の間に混乱が起こるのも無理ないかもね。

大河内晴美の冊子があなたの本棚にあったのも、世界の混乱のせいだと考えると説明がつくわね。

パラレル・ワールド監視委員会？　そんなものあるわけないじゃない。あの場で思いついたデタラメよ。もしそういうものがあれば、こんな混乱も起こらなかったかもね。

でもね、この世界ってもともと、そんなにちゃんとしたものじゃない気がするのよ。『ちゃんとしたものじゃない』っていう言い方は語弊《ごへい》があるかもしれないけど。そのときどきの自分の心のありようでどんなふうにも変化するっていうか。だって、雨が降っていて鬱陶《うっとう》しいなあって思ってるときに、すごく良い知らせが飛び込んできたら、鬱陶しい雨が急に気持ち良いものになって、雨の中で踊り出したい気持ちになったりするでしょう？　さっきの鬱陶しい雨が降ってた世界と、気持ち良い雨が降ってる世界は同じなの？　もしかしたら、良い知らせが入ってきた瞬間に、別の世界に移動したのかもしれない。そう思うと、私たちは世界の移動なんて普段からいくらでもしてるのかもしれないし、気の持ちようを変えることや、いつもと違う選択をすることで、世界を移動できるのかもしれないわ。そうやって世界は日常的に無限に分岐してるのよ。普通は一度分岐した世界は二度と交わることはない。でも今回は無限にある並行世界の中で、私の世界とあなたの世界がたまたま繋がってしまったのかもしれない。なぜか二十五年ズレた形でね。

これが私のストーリー。あなたが見ていたストーリーとは全然違ったと思うけど、ここで私とあなたのストーリーはひとつになった。ううん、ただ交差しただけかもしれない。

あなたのお母さんは、二十五年前、自分の病気を知った上であなたを産んだのよ。失踪した夫との間にできた子どもを自分の手で抱き、育てたかったから。それが彼女の選択だった。私も彼女に倣《なら》って、お腹にいるこの子を産もうと思う。ここにいる、もう一人のあなたを。

それからもうひとつ大事なことを言っておかなきゃ。あなたのお父さんがいなくなったときのことよ。彼が失踪してから、私は妹に頼んで彼の書斎にあったノート類を病院に持ってきてもらったの。何か手がかりがあるんじゃないかと思ってね。でも失踪を匂わせるようなことはどこにも書いてなかった。その代わりに不思議な書き込みを見つけたの。どうやら彼は並行世界について調べていたみたいなの。過去の小説や映画で並行世界がどんなふうに描かれたかっていう事例や、科学的にどれくらい信憑性《しんぴょうせい》があることなのか、なんかをね。

きっと漫画の題材として考えていたんだと思う。彼は自分でストーリーを創ろうとしていたのよ。自分にしか創れないストーリーを。

あなたが見たフロッピーディスクの中の言葉。あれはそのノートの中にあったものよ。「パラレル・パスポート」は、元は私じゃなくてあなたのお父さんの案だったの。

ノートには、並行世界を移動するための方法についても色々な考察が書かれていたわ。それを見て私は思ったの。彼は失踪したんじゃない。並行世界に行ったんじゃないかって。なんのために？　あのとき彼がそんなことをする理由はひとつしかない。私の病気を治す特効薬がある世界を探しに行ったんじゃないかな。「パラレル・パスポート」のカケルが幸せになれるアイテムを探して並行世界に行くようにね。まだ帰ってこないところを見ると、どこかを彷徨っているのかもしれない。たぶん、いつか帰ってくる。あなたの前にひょっこり現れるかもね。彼だって自分の子どもには会いたいはずだから」


美子は長い話を終えた。

絵衣子は美子を見つめていた。

美子は自分のお腹にそっと手を当てている。そこにもう一人の絵衣子がいるのだ。

「私のお母さんも、二十五年前に私を産もうと決心してくれたんだ。自分の身体が危ないかもしれないのに」

絵衣子の目に涙が溢れた。

絵衣子は美子を抱き締めようとする。

しかしその手は美子の身体をすり抜けた。意識が薄れ始める。まだ早い。もっと美子と話したいと絵衣子は思った。

「帰りなさい。あなたのお母さんはあなたの世界にいるでしょ」

美子がそう言った瞬間、絵衣子の意識は薄れていった。

21

絵衣子は目を覚ました。視線の先に木目のある天井が見える。畳の匂いがする。

絵衣子は身を起こして見回した。あの神社の社殿の中に倒れている。自分は元の世界に帰って来たのだろうか？　分からない。

そこでハッと思い出す。靴だ。

絵衣子は勢い良く立ち上がる。なんだか身体に力が入らずにちょっとよろけてしまう。時空を超えたことで、身体に負担がかかっているのだろう。でもこれは時間が経てば元に戻るような気がした。

ガラス戸を開けて外に出ると雨が降っていた。弱い雨だ。賽銭箱の前にちょうど参拝に来ている女の人がいた。手を合わせていたらいきなり社殿から人が出てきたので驚いた様子だ。ここは普段は人がいない小さな神社なので、中に人がいるのは稀だろう。驚くのも無理はない。

絵衣子はそれにかまっている余裕はなかった。あたかも神社の関係者のような振りをして段を降りる。

そこに靴があった。脱いだときのまま揃えて置いてある。絵衣子は元の世界に戻ったのだ。

「あった！」

絵衣子は思わず声を上げた。その声にさっきの女の人はまた驚いている。

絵衣子は靴を履くと、短い石畳を歩いて鳥居を出た。振り向いて社殿に向かって一礼する。何に向かって頭を下げたのか、自分でもよく分からなかったが、とにかくお礼を言いたかった。

「ありがとうございました」

絵衣子は鳥居を出て走り出す。なぜか走りたい気持ちだった。頬に当たる雨粒が心地良かった。


翌日、絵衣子は田島から指定された都心のホテルに向かった。上のほうの階にある一室に来るように言われていたのだ。その部屋に入ると、田島と文明堂出版の広報の担当者がすでに着いていた。

「会見は三時から。場所は二階のイベントホール。たぶんマスコミが三十社くらい来ると思う」

田島が静かに説明してくれる。

「ご心配おかけしてすみません」

絵衣子は頭を下げた。

「気にすることないよ、君が悪いんじゃないんだから」

「そう、大丈夫ですよ。会見はあくまで形式的なものです」

広報の男もそう付け加えてくれる。

田島も広報担当者も明るい表情だ。大河内晴美と話がついて、この件は解決する目処が立ったからだろう。

「じゃ、これ。想定問答集ね」

田島がプリントアウトされた紙を鞄から出す。そこには色々な質問と回答文が書いてあった。

今回のことは、あくまでふたつの作品が偶然似たために起こったことだ。絵衣子は大河内の作品を見たことはない。しかし見ていないことを証明するのは不可能で、その点を争っても水掛け論になるばかりだ。そこで両者が話し合いの上、一定の和解金を支払うこととし、大河内はこれ以上盗作を主張しないということで納得した。この問題はこれで解決したということだ。

想定問答集には『お父さんについてお話しください』という質問が書いてあるが、その質問の下には回答文が書かれていない。

「ここは？」

絵衣子はその部分を指差した。

「ああ、きっとお父さんに関する質問が出るだろう。でもその答えは俺たちが考えることじゃないからな」

確かにそうだ。絵衣子の心の中にしかないことを『こう答えろ』と人に指示されるのは変だ。

「答えないといけないんですか？」絵衣子はモヤモヤを口に出してみる。自分の心の中をなぜ公の場で話さなければいけないのだろう。

「もちろん答えないこともできる。でもお父さんのことを話すほうが、マスコミも君に対して同情的になると思うんだ」

「同情的……」

絵衣子は何かしっくりこなかった。自分は同情してもらわなければいけない女なのだろうか。

「時間です。行きましょうか」

そう言って広報の男が立ち上がる。

絵衣子は田島たちについてエレベーターに乗り二階で降りた。会議室や宴会場などがあるフロアだ。廊下を進んでいくと、この光景はどこかで見た気がした。そうだ、夢の中で見た授賞式会場に向かう廊下だ。この会見を乗り越えた先にはあの〝栄光〟があるのだろうか。

あの夢で見たのよりはその廊下はずっと短く、すぐにドアの前に着く。そこには一人の女性が立っている。たぶんこの人も広報の社員だろう。

「どうぞ」

女性に促されて絵衣子は中に入る。

直後、大量のフラッシュが焚《た》かれた。これまでも取材で似たようなことはあったが、一度にこれだけのフラッシュを浴びるのは初めてだった。それは途切れることがなく、世界が一気に明るくなったように感じる。

「こちらにどうぞ」

女性は田島と絵衣子を案内した。部屋の奥に、白いクロスがかけられた横長の机がある。絵衣子は指定された椅子に座った。隣には田島が腰を下ろす。テーブルの上で組んだ田島の手が小刻みに震えているのが見えた。彼にしてもこんな大勢の人の前に出るのは初めてなのだろう。むしろ絵衣子は自分のほうが落ち着いていると感じた。

中央に記者たちが座り、最前列にカメラマンたちが陣取っている。一番後ろにはテレビカメラが何台か並んでいた。部屋がそんなに広くないので、ぎっしりという感じがして絵衣子を威圧してくる。

直後、田島がマイクを取った。相変わらず手が少し震えている。

「えー、本日はお集まりいただきましてありがとうございます。記者会見を始めさせていただきます。まず今回の経緯について、私、文明堂出版の田島から説明させていただきます。お配りした紙に沿ってお話ししますので、そちらもご参照ください」

田島は話し始めると少し落ち着いたようだった。それから田島は紙に書いてあることをそのまま話す。「パラレル・パスポート」が大河内晴美氏の作品『並行遊戯』と似ているのはまったくの偶然であること、しかしながらお互いの納得のために大河内氏に対して一定の金額を支払うことで了承を得たこと。これで今回の件は解決したこと。

「では皆さんからの質問を受け付けます」

田島が言うと、数人の記者が手を挙げた。

「はい、ではそちらの方、どうぞ」

田島が前のほうにいる記者を指名する。指名された女性記者は会社名と自身の名前を名乗ってから口を開いた。

「似たのが偶然なら、どうして和解金を払う必要があるんでしょうか？」

すぐに田島がマイクを握る。

「偶然似たのか、盗作したのか、真実がどちらかを証明するのは不可能です。私どもはあくまで偶然似たという立場ですが、証明が不可能な以上、水掛け論を続けるよりもこのような解決をしたほうが良いと判断したわけです。ですので、あくまで盗作を認めたということではありません。この点ははっきりさせておきたいと思います」

「一定の金額と仰いましたが、いくらですか？」

「それは先方もあることですので、公にすることは控えたいと思います」

記者はそれ以上食い下がることはなかった。このへんは想定内という感じだろうか。

次に別の男性記者が当てられた。

「松村さんに質問です。お父さんの太田幸助さんは、盗作したことで批判を受け、失踪しましたね。その後、お父さんの消息は？」

「……父の消息は、分からないままです」

絵衣子は答えた。マイクを通した自分の声を初めて聞いた。ひどく自信のない頼りない声に思える。

「今回、松村さんはお父さんと同じように盗作の疑いをかけられたわけですが、そのことについて何か」

やはり予測された質問が出た。

「父がしたことは許されないことだと思います。ですから私もそういうことには人一倍気をつけていました。今回のことは偶然似たということで先方にも納得していただけてホッとしています」

絵衣子は想定問答集に書いてあったとおりに答えた。

「お父さんとはお会いになったことはないそうですが、お父さんにどのような想いを持っておられますか？」

「ひと言では言えないんですけど……」

隣で田島が絵衣子を見ている。ここで上手く答えて同情を買うんだ。記者たちの好感を勝ち取ってマイルドな記事になれば、この問題は解決だ。田島の目はそう語っていた。

「仰る通り、私は、父と会ったことがありません」

絵衣子がそう言うと、場内はシーンとなった。これから何か内容のあることを話すようだ、じっくり聞いてやろう、記者たちはそんな思いで一致しているようだ。

「父は、私に漫画の楽しさを教えてくれました。直接でなく、父の漫画を通じてです。父の漫画は私にたくさんのことを語りかけてくれました。何より大きかったのは漫画を描くことの楽しさです。ストーリーが自分の中から生まれてきて、自分の手で絵になっていくのは他にはない喜びです。不思議な感覚なんです。実際には会ったことのない父が、自分の傍にいて導いてくれるような……そんな感じがして」

模範的な回答ができたと思う。これでいいだろう。

しかし口が勝手に続きを喋っていた。

「母の存在も大きかったです。母は私が漫画家を目指すことを認めてくれました。やれともやるなとも言いませんでしたが、私が決めたことを尊重して、見守ってくれたんです。漫画の道を途中で絶った父の無念を、私に託そうとしたのかもしれません」

なぜ訊かれてもいない母のことまで話しているのだろうと思ったが、幸い記者たちは感心したような顔で聞いている。

「では他に質問がなければこのへんで」

田島が会見の終わりを告げる言葉を口にする。それを受け、記者たちが立ち上がろうとする。

会見は予定どおり終わるかに見えた。

「嘘です」

誰かが言った。

会場内が息を呑んだように静まる。誰が言ったのだろう。

しかしそれを言ったのは紛れもない絵衣子自身だった。田島が横で『何を言うんだ?』という顔をしている。

絵衣子は自分でもそんなことを言った自分に驚いていた。しかしもう後には引き返せない。

「どういうことですか？」

記者の一人が訊いてきた。

「私は『パラレル・パスポート』のアイデアをある人から授けてもらいました」

自分でも不思議なくらいスラスラと口が動く。会場がどよめいた。

田島が狼狽《うろた》えた様子で「おい」と言ったが、それ以上の言葉は出ないようだった。硬直したようになっている。

絵衣子はさらに続けた。

「その人は自分の意思で私にアイデアを託してくれたんです。あのストーリーは、そのアイデアを基に私が自分で考えたものです。アイデアメモを書いた人には了承を得ています。だから確実に言えることは、大河内さんの作品と『パラレル・パスポート』は一切関係ないということです」

「その人とは誰ですか？」

会場内のどこかから質問が飛ぶ。

「言えません」

絵衣子の答えに記者たちがざわめいた。

「言えないなら、『パラレル・パスポート』がその人のアイデアを基にしたものだとどうやって証明できるんですか？」

「できません」

記者たちは騒然となっている。

田島は唖然として押し黙っていた。

「私はこのことを田島さんにも黙っていました。どうもすみませんでした」

絵衣子は横にいる田島に身体を向けて頭を下げた。

田島は固まったままだ。

「そんなことは信じられない」

記者たちの声があちこちから響いてくる。

「誰も信じてくれなくても、私は自分の作品を守るつもりです。『パラレル・パスポート』は盗作なんかじゃありません。お金を払うっていうことは、実は盗作したかもしれないって思われてるってことですよね。そんなの嫌です。『パラレル・パスポート』は私とその人が一緒に創った作品です。だから他の人にお金を払う必要はありません」

そこでまたフラッシュが焚かれる。今日一番の激しさだ。

絵衣子はその眩しさに負けまいとするように、ジッと目を見開いていた。

22

絵衣子が母の病院に見舞いに来るのは、B子に命じられて来たとき以来だった。美子は相変わらず意識がない状態でベッドに横たわっている。

あの記者会見のあと、世間は大騒ぎになった。

大河内との和解はご破算となった。大河内は突然一方的に話を覆《くつがえ》されたことで怒り、絵衣子と文明堂出版を裁判所に訴えた。文明堂出版サイドは絵衣子の言い分に則《のっと》って盗作ではないという立場を取るしかなくなり、「パラレル・パスポート」の連載はそのまま続けられている。

田島はあの会見の夜は熱を出して寝込んだらしい。会社の上司には相当怒られたことだろう。絵衣子は申し訳ないと思ったが、かつてさんざん絵衣子に対してパワハラをした罰が当たったのだと思うことにした。田島も内心は絵衣子に対して腹を立てているだろうが、いま絵衣子との間に亀裂が入るのはまずいと思ったのか、文句を言うこともなく味方になってくれた。

田島はあのあとで二人になったとき、『で、「パラレル・パスポート」のアイデアをくれた人ってのは、誰なんだ?』と訊いてきた。絵衣子はやはり『言えません』とだけ答えた。田島はそれ以上訊こうとはしなかった。

絵衣子は目の前に横たわる美子を見ながらそんなことを思い返していた。美子に心の中で語りかける。

『会見であんなこと言うなんて、自分でもびっくりした。でも、大切なものを守るために言わなきゃって思ったの。大切なものっていうのは、自分と、それから自分を見守ってくれる人。一番はお母さん。お母さんは、病気なのに命の危険を冒して私を産むことを選択してくれたのね。知らなくてごめんなさい。私、お母さんの心の中を全然知らずに、私のことを理解してくれないとか勝手なことばっかり思ってた。でも今なら分かる気がする。私が漫画家になりたいって言ったときのお母さんの戸惑ったような顔……。嬉しいような怖いような、不思議な気持ちだったのよね。だから黙って見守ってくれたんでしょ。早くお母さんが目を覚ましてほしい。謝りたい。色んな話をしたい』

涙が出そうになる。でも我慢した。もっと強くなりたいから、ここは泣くところじゃないと思ったのだ。

そのとき、ベッドに横たわった美子の手がピクリと動いたように見えた。

絵衣子はハッと息を呑む。見間違いかと思ってもう一度見る。

やはり美子の指が動いている。絵衣子は美子の顔に目を移した。

美子がうっすらと目を開いた。ぼんやりとした目だ。天井を見ていた。そしてゆっくりと絵衣子のほうに目をやった。

「絵衣子ちゃん……」

美子が弱々しく言った。酸素マスクをつけているので声がくぐもっている。

「お母さん……」

答えた絵衣子の声は掠れていた。

美子は頑張って起き上がろうとする。

「じっとしてて」

絵衣子はそう言うと、急いでナースコールのボタンを押した。少しして、看護師ののんびりした声が聞こえてくる。

「はーい、どうされましたー？」

「あの……母が、母が目を覚ましたんです」

「えっ⁉」

看護師が絶句するのが分かる。無理もない。長く眠り続け回復の見込みはないと思われていたのだ。

「ちょっと待ってください！」

すぐにパタパタと足音がして、三十代くらいの女性看護師がやって来た。本当に美子が目を動かしているのを見て驚いている。

「松村さん、分かりますか⁉」

「はい……」

美子はか細い声で答えた。

看護師は、美子に意識があるのを確認すると、「先生を呼んで来ます！」と急いで出ていった。また病室には絵衣子と美子だけが残される。

絵衣子と美子は視線を交わす。意識がある美子と向き合うのは数ヶ月ぶりだった。

「お久しぶり」

思わず変なことを言ってしまった。

美子はクスッと笑う。

「私、そんなに眠ってた？」

「半年くらい」

「そう……」

「良かった……」

絵衣子の心の中に、何かが洗い流されていくような安心感が広がった。

「ずいぶん長い夢を見てた気がする」

「どんな夢？」

「あなたとずっとお話ししてた」

「どんな話？」

「なんだろう。あなたが生まれてすぐの赤ちゃんで、でもなぜかお話しできるの」

「……」

「でもあなたは何を言ったんだっけ……」

美子は思い出そうとして、顔を顰《しか》めた。

「変ね。思い出せない。手の中に小さなあなたがいたのは覚えてるのに……」

「無理して思い出さなくていい」

「でも」

「分かってる。赤ちゃんの私が言ったこと」

「何？」

「産んでくれてありがとうって……」

「……」

「私は自分の人生をちゃんと歩んでいくから、心配しないでって……そうでしょ？」

「そう……きっとそうね」

美子の声は弱々しかったが、幸せそうだった。

美子が絵衣子を見つめてくる。

「どうかしたの？」

「なんだか大人の顔になってる」

「そう？」

絵衣子は思わず自分の顔を触った。

「私が眠ってる間に、色々あったみたいね」

「あったよ、色々……それでね、私、自分の人生を歩んでいけそうだよ」

「そう。良かった」

美子の優しい声が絵衣子を包んだ。

「お母さん」

絵衣子は美子の手を握る。美子も絵衣子の手を握り返した。絵衣子の目から涙がとめどなく溢れてくる。もう我慢しなくていい。泣いていい。絵衣子はそう思った。


あれから一ヶ月が経った。美子はその後、奇跡的に順調な回復を見せている。突然意識が戻ったことに医者も驚いていたが、あり得ないことではないということだった。

絵衣子は毎日のように病院に見舞いに行き、これまでのことを取り戻すかのように母との時間を過ごしている。

大河内晴美との裁判はずいぶん時間がかかるらしく、世間の関心は別のことに移っていった。「パラレル・パスポート」の連載はさらに人気となり、なんの問題もなく続いている。あれだけ苦しんでいたストーリー創りも順調だ。絵衣子は忙しく仕事をしている。

最近はアシスタントを雇うようになっていた。絵衣子自身はストーリーを創ることに注力し、作画はできるだけ若いアシスタントに任せるようにしている。田島が探してくれた優秀なアシスタントたちだ。絵衣子に憧れ、後に続きたいと思ってくれている。

この日、絵衣子はいつものように田島と打ち合わせをするために文明堂出版に来ていた。

二人は前と同じ打ち合わせブースに入る。「パラレル・パスポート」が評判になったあと、田島は打ち合わせを応接室でやろうと言ったが、絵衣子はここでいいと答えた。打ち合わせといっても大きな課題について話し合う必要はない。絵衣子の考える今後のストーリーに田島がいくつか意見を言う程度だ。

あずみは相変わらず横田っちと応接室で打ち合わせをしているようだ。あずみが本物か偽物かは分からない。でも絵衣子はどちらでもいいと思った。今、この世界にいるあずみと付き合っていくしかない。あずみが良い友達であることは確かだ。

田島の部下の女性がケーキとコーヒーを持ってきてくれたので、打ち合わせはしばし休憩となった。

「マスコミも、最近はすっかり俺たちの裁判のことは忘れたみたいだな。ま、世間なんてそんなもんだ」

田島はケーキを頬張りながら言う。今では裁判の話題はほとんど雑談の一部になっている。

「マスコミが話題にしてくれないのもなんだか寂しいな。いっそ君が誰かと熱愛騒動でも起こせばいいんじゃないか。そしたらコミックスの売り上げにも貢献するぞ」

田島がセクハラ気味の発言をする。でも彼に悪気はないのだろう。今までも、これからも彼は彼のままだ。

「だったら誰か紹介してくださいよ」

絵衣子はただ冗談っぽく答えた。

「いい人いないのか？」

田島がなおも訊いてくる。

「仕事ばっかりなのに出会いなんかありませんよ」

そのとき、絵衣子の心がチクリと痛んだ。何か大事なことを忘れているような気がする。でもそれが何か分からない。もどかしかった。しかし雑談を続けるうちにそれもすぐに忘れた。

打ち合わせが再開される。絵衣子はさらに先の展開について考えていることを話し始めた。

「パラレル・パスポート」の中でカケルは闘い続けている。自分を乗っ取られないように。

エピローグ

今日は俺の初めての雑誌の仕事だ。ネット媒体が増えて雑誌は衰退しているとは言え、やはりライターにとって印刷媒体に掲載されることは憧れだ。ギャラもネットよりは良い。

今日のインタビューの相手は漫画家の松村絵衣子だった。彼女の作品『パラレル・パスポート』が『新日本漫画賞』を受賞して、今日はその授賞式があるのだ。授賞式の前に一時間取材させてもらえることになっている。場所は授賞式が行われるホテルの控え室だ。

俺は松村絵衣子の漫画はけっこう好きでみんな読んでいる。女性作家なのに男性作家のテイストがある。たぶん父親の太田幸助の血を引いているからだろう。失踪した父とは会ったことはないはずだが、どんなふうに影響を受けたのだろう。今日はそのへんも訊いてみたい。

俺は指定された時間にホテルのロビーに行った。出版社の広報の担当者が待っていた。

「先生は控え室でお待ちです」

松村絵衣子は俺より少し年下だが、先生と呼ばれている。俺は少し気後れしてしまう。

広報の人について一室に入る。ドアを開けると、中にはけっこう人がたくさんいて面食らった。授賞式の前に松村絵衣子に挨拶に来た人たちらしい。本人はその人垣の向こうにいた。広報の人が、松村絵衣子と編集者の田島氏を紹介してくれた。俺は二人に名刺を差し出した。松村絵衣子は意外に地味な雰囲気の女性だった。たまたま売れたけど、そうでなければただ家に籠って漫画を描いているだけの女性、そんな感じだ。着ているものはそれなりに高級そうだが、華美に見せようという感じはない。今日のような晴れの日は彼女にとっても非日常なのかもしれない。そう思うと少し気が楽になった。

やがて挨拶に来ていた人たちが出ていき、部屋には俺と松村絵衣子と田島氏だけになった。

「今日はお時間いただきましてありがとうございます。ライターの桑田洋平です」

「初めまして。松村絵衣子です。よろしくお願いします」

松村絵衣子は少しはにかんだ表情で挨拶した。この一見平凡な女性が実は大ヒット漫画家で億万長者なのだ。

「松村先生は愛想は悪いですけど、人見知りしてるだけなんで気にしないでください」

田島氏が冗談っぽく俺に言う。

「そんなこと言われたら余計緊張するじゃないですか」

絵衣子は笑った。

「ではさっそく」

俺と絵衣子は応接セットで向き合い、インタビューを始めた。

「今回はおめでとうございます」

「ありがとうございます」

「『パラレル・パスポート』、僕も読んでます。このところ、予想外の展開になってきてびっくりしました」

「まあ、読者をびっくりさせようとして描いてますから」

絵衣子は嫌味なくそう答えた。

「じゃあ、まんまと乗せられたわけですね。でもああいう発想はどこから湧いてくるんですか？」

「最初は、もしこんなことが自分に起こったらっていうことを想像しながら……でも進むうちに、自分でもどうなるか予想がつかない感じになってきて」

「作者にも分からないなんてことがあるんですか？」

「もちろん、ストーリーは自分の中から出てくるものですけど、いつ何が出てくるかは分からないんです」

「そういうものですか」

俺はいつか小説を書いてみたいという夢を持っている。俺がストーリー創りについて根掘り葉掘り訊くと、絵衣子は熱心に教えてくれた。他にも色々な話をした。会ったことがない父のこと。今でも彼女を見守ってくれる母のこと。絵衣子は俺に心を開いてくれたのか、いつしか取材というより、友人同士がお茶しながら話し込むような感じになった。

「あの、インタビューの時間も限られてますので」

田島氏がやんわりと促してくる。

「あ、すみません。話し込んじゃって。インタビューだっていうのを忘れてました」

「私も」

絵衣子も笑い、俺は話題を変えた。

「では、最後にこれからの抱負など聞かせてください」

「抱負ですか……」

絵衣子は少し考えてから、意外な答えをした。

「もっと冒険をしたいです」

「冒険ですか？」

俺はその答えの真意を測りかねた。

「それは作品の中で、主人公に冒険をさせるということですか？　それとも……」

「それとも自分が現実の中で冒険をするということなのか、どっちなのかってお訊きになりたいんですか？」

「あ、そうです」

「どうでしょう……両方かな」

「両方？」

「ていうか、作品の中と現実を区別することに意味があるのかなって思うんです」

「そうは言っても、作品の中なら主人公は武器を取って闘うこともできるけど、現実にはそんなことは……」

「それはそうですね。でも案外、私が漫画に描いてることは、実は別の世界で実際に体験したことなのかもしれませんよ」

絵衣子はそう言って静かに微笑んでいる。

一瞬、絵衣子が武器を手にして敵と闘う姿を想像した。すぐにやられそうだ。俺は思わず笑いそうになる。彼女の言うことがどこまで本気なのかは分からない。しかし絵衣子という女性にますます興味が湧いた。

「じゃあ、これで記事にさせていただきます。ありがとうございました」

時間が来たのでそう言って取材を締める。記事を書くための話は十分聞けた。本当はさっきの話をもっと掘り下げて訊きたかったが、取材相手に『今度お茶でも』なんて言うことはできない。

「では先生、そろそろ」

田島氏が促す。授賞式の時間が来たようだ。

「じゃあ、また」

絵衣子は俺に言って立ち上がった。

絵衣子の「また」という言葉が不思議と心に響く。今度いつ会うというのだろう。

「そうですね。また」

俺もそう答えると、絵衣子は田島氏と出ていった。

少し遅れて俺も部屋を出る。俺は彼女のことが気になって、あとを追うように廊下を歩いていった。

前に絵衣子の姿が見える。広報の人に導かれて長い廊下を歩いていくところだ。俺はそれ以上は追うことができずに見送った。

廊下の先に扉がある。あそこが授賞式の会場なのだろう。扉が開かれた。扉を入る瞬間、絵衣子は一瞬振り向いて俺を見たような気がした。大きな拍手に迎えられて絵衣子は光の中に進んでいく。

きっとまた会う。なぜか俺はそう確信していた。

本書は書き下ろしです。

この物語はフィクションであり、実在する個人、組織、事件等とは一切関係ありません。

パラレル・パスポート

PARALLEL PASSPORT

著者略歴

尾崎将也

1960年兵庫県生まれ。1992年の第5回フジテレビヤングシナリオ大賞で「屋根の上の花火」が受賞し脚本家としてのキャリアをスタート。「結婚できない男」「梅ちゃん先生」「アットホーム・ダッド」「特命係長 只野仁」など、数々の大ヒットドラマを手がける。2010年映画監督デビュー、2017年『ビンボーの女王』で小説家デビューを果たし、ますます活躍の場を広げている。

2024年1月20日 初版印刷
2024年1月30日 初版発行

著者 尾崎将也
発行者 小野寺優
発行所 株式会社河出書房新社
〒151-0051
東京都渋谷区千駄ヶ谷2-32-2
電話 03-3404-1201（営業）
03-3404-8611（編集）
https://www.kawade.co.jp/

デザイン 野条友史（BALCOLONY.）
組版 KAWADE DTP WORKS
印刷・製本 株式会社暁印刷

Printed in Japan
ISBN978-4-309-03165-1

尾崎将也 既刊本

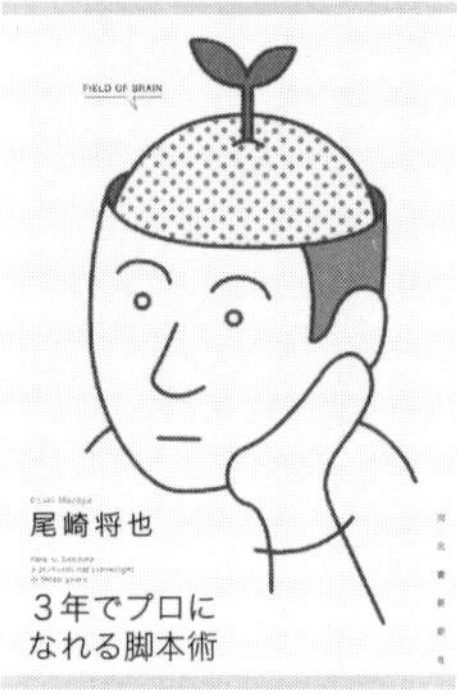

「3年でプロになれる脚本術」

全クリエーター必見！　大人気脚本家が経験から培った、ヒットにつなげる勉強＆思考術を大公開。

「ビンボーの女王」

渾身の小説デビュー作！　日本一有名な貧困女子の麻衣子が、窮状打開のために全国民に出した驚きの答えとは？